Langenscheidt

Love Takes a Holiday – Liebe auf Urlaub

von Tina Zang

Langenscheidt

Berlin · München · Wien · Zürich · New York

Lektorat: Barbara Müller
Muttersprachliche Durchsicht: Charlotte Collins
Coverzeichnung: Kirill Chudinskiy

Umwelthinweis: Gedruckt auf chlorfrei gebleichtem Papier

Internetadresse: www.langenscheidt.de

Druck: Mercedes-Druck GmbH, Berlin
Printed in Germany

ISBN 978-3-468-20475-3

SONNTAG

Immer schön locker bleiben, Emma

Ich war gerade aufgewacht und hatte angefangen, in Gedanken meinen Reiseproviant zusammenzustellen, als es an meiner Tür klopfte. Ich tastete nach Muffin, der wie üblich auf meinem Kopfkissen lag und sofort zu schnurren anfing, als ich meine Hand in sein Fell wühlte.
Die Tür wurde aufgerissen.
„Sabrina ist da!“, rief meine Mutter mit so aufgesetzter Fröhlichkeit, dass ich mich sofort an meine frühe Kindheit erinnert fühlte. Sabrina Brändle war die Tochter von Mamis bester Freundin Sonja. Die beiden flogen mit uns nach Teneriffa, damit das „riesige Ferienhaus uns nicht so leer vorkommt“, wie Papi gemeint hatte – und damit wir uns die teure Ferienvilla überhaupt leisten konnten, denn so verteilte sich die Miete auf drei Familien mit insgesamt dreizehn Personen. Außer uns vieren und den beiden Brändles kamen nämlich auch unsere Freunde aus England nach Teneriffa: die Nevils. Auf das Wiedersehen mit Fenny und ihrem Cousin Steve freute ich mich so sehr, dass ich auch bereit war, das Opfer zu bringen, zwei Wochen lang Sabrinas Gesellschaft zu ertragen.
Ich hatte Sabrina seit sechs Jahren oder so nicht mehr gesehen. Vielleicht war sie ja inzwischen etwas erträglicher geworden. Als ich noch zu klein war, um mich gegen aufgezwungene Spielkameraden zu wehren,

hatte Mami sie immer zu mir ins Zimmer geschoben, damit sie und Sonja in Ruhe ratschen konnten. „Sabrina ist da“, hieß es dann betont aufmunternd. „Spielt schön.“

Wir hatten dann jedes Mal gar nicht schön gestritten. Irgendwann sahen unsere Mütter ein, dass Kinder sich nicht automatisch vertragen, bloß weil sie gleich alt sind. Das klappt bei Erwachsenen ja auch nicht.

Ich versuchte gar nicht erst, Freude zu heucheln, sondern zog die Bettdecke über Muffin und mich und murmelte: „Die blöde Kuh kann mir gestohlen bleiben.“

„Die blöde Kuh ist schon da“, hörte ich eine schnippische Stimme. Ich linste unter der Decke hervor. Sabrina stand mitten im Zimmer, als hätte ich sie eingeladen, und sah sich neugierig um. „Du hast ja immer noch alle Ecken voller Stofftiere. Wie peinlich.“

„Du benimmst dich ja immer noch wie der Elefant im Porzellanladen. Wie unhöflich“, gab ich zurück.

Sabrina lümmelte sich in meinen Sitzsack und warf ihre Haare mit einer arroganten Kopfbewegung über die Schultern. Mir fiel sofort auf, dass sie unter ihrer knallengen Bluse einen Push-up-BH trug. Was für eine Frechheit! Ich besaß nicht mal einen ganz normalen. Mit Unmut nahm ich zur Kenntnis, dass sie geradezu unverschämt gut aussah mit ihren glänzenden, schwarzen Haaren und dem geschminkten Puppengesicht. Allerdings hatte sie es mit dem Zupfen der Augenbrauen stark übertrieben, was ihr einen permanent erstaunten Gesichtsausdruck verlieh. Trotzdem musste ich neben ihr wie ein Kind wirken, selbst wenn ich nicht gerade zerzaust in meinem Bett saß und von Muffin

hingebungsvoll bepfötelt wurde. Ich zupfte an meinen dünnen blonden Strähnen herum und versuchte Würde auszustrahlen.
Sabrina puschte ihren Busen noch ein bisschen mehr zurecht. Dabei sah ich, dass ihre Fingernägel kleine Kunstwerke waren, mit verschlungenen Mustern und Glitzersteinchen.
„Ganz schön aufwendig, deine Fingerbemalung“, meinte ich in einem Tonfall, der deutlich machen sollte, wie albern ich das fand.
„Meine Mutter hat jetzt ihr eigenes Nagelstudio“, sagte Sabrina stolz. „Komisch, nicht? Dass man Kindern immer ansieht, was ihre Eltern machen. Du bist genauso zottelig, wie man sich die kranken Hunde in einer Tierarztpraxis vorstellt.“
Ich ärgerte mich zwar, aber womöglich hatte sie sogar recht. Fenny sah noch zerzauster aus als ich, und ihr Vater war Tierarzt im Zoo. Ihr Cousin Steve sah mit seinem spitzen Gesicht und den feinen, braunen Haaren wie ein Eichhörnchen aus, und seine Mutter war Tierzeichnerin.
Ich hopste aus dem Bett. „Ich muss jetzt packen.“
„Was, hast du das nicht schon gestern gemacht? Ich habe drei Bikinis eingepackt“, sagte Sabrina. Nicht, dass mich das wirklich interessiert hätte. „Außerdem einen Tankini und ein ganz gewagtes Teil mit String. Und du?“
„Ich bade nackt“, meinte ich patzig, während ich wahllos T-Shirts aus meinem Schrank zog und in meinen größten Rucksack stopfte.
„Na, das hält vielleicht die Haie fern.“

„Dort gibt es nur Delfine."
„Auch gut."
„Und Pinguine."
„Quatsch."
„Doch. Im Loro-Park."
Sabrina zog eine Schnute. „Spiel dich nicht so auf."
He, wer spielte sich denn hier auf mit seinen sexy Bikinis? Ich stellte mich so hin, dass Sabrina nicht sah, wie ich meine langweilige, weiße Unterwäsche einpackte, dann ging ich Zähne putzen, damit Sabrina keine Blutvergiftung bekam, falls ich die Kontrolle über mich verlor und in ihre solariumgebräunten Oberarme biss. Wer hat im April schon so eine Farbe?
Mein blasses Gesicht starrte mich aus dem Spiegel an. Ich würde täglich einen Liter Sonnenmilch brauchen, um nicht wie ein Rotgesichtmakake auszusehen.
Sabrina war mir gefolgt. Elegant lehnte sie im Türrahmen und formte Kussmünder für ihr Spiegelbild. Ich streckte ihr nur deswegen nicht die Zunge raus, weil sonst der Zahnpastaschaum über meinen Pyjama getropft wäre.
„Wie putzig", sagte Sabrina. „Dein Schlafanzug, meine ich. Mit Bärchen! Also, ich trage nur noch Seidennachthemden. Aber an dir würden die natürlich ganz und gar unvorteilhaft herumhängen. Da bist du mit deinen Kleinkindschlafanzügen doch besser bedient."
Ich spülte aus und kämmte mich, ohne mir meine Wut anmerken zu lassen.
„Wer sind eigentlich diese Nebels, die da noch mitkommen?"
„Die Nevils", korrigierte ich. „Das sind unsere Freunde aus London. Papi hat vor ewigen Zeiten ein Praktikum

im Londoner Zoo gemacht und damals in einer WG mit Jack Nevil gewohnt. Jack hat auch Tiermedizin studiert. Als Papi dann nach Deutschland zurückging und geheiratet hat, sind sie in Kontakt geblieben und haben sich einen jährlichen Familientausch ausgedacht. Das funktioniert so: Jeden zweiten Sommer fliege ich mit Mami zu Fenny und ihrer Mutter nach London, während Fennys Brüder mit ihrem Vater hierherkommen. Im nächsten Jahr ist es dann umgekehrt, Fenny und Beverly besuchen uns auf dem Spatzenhof, während Papi und Paul nach London fliegen. So sind immer die Väter mit den Söhnen zusammen und die Mütter mit den Töchtern."

Nicht erwähnt hatte ich, dass Fennys Cousin Steve seit drei Jahren beim Familientausch mitmachte, und zwar nicht bei den Jungs sondern immer mit Fenny und mir zusammen. Das hatte sich so ergeben und mir war es sehr recht, denn Steve war ein begnadeter Hobbykoch und außerdem total nett.

„Geh mal raus, ich muss pinkeln."

Aufatmend schloss ich die Tür hinter ihr. Als ich zehn Minuten später frisch geduscht und in meinen Lieblingsjeans mit T-Shirt wieder in mein Zimmer zurückkam, war Sabrina, die sich auf mein Bett gesetzt hatte, immer noch damit beschäftigt, die vielen Informationen zu verdauen, die ich ihr an den Kopf geknallt hatte.

„Aber jetzt ist Frühling, nicht Sommer. Und wir fliegen alle zusammen nach Teneriffa. Das ist also nicht euer normaler Familientausch."

„He, du bist ja eine echte Schnellmerkerin." Etwas freundlicher fügte ich hinzu: „Die Nevils ziehen demnächst für drei Monate nach Kenia, weil Fennys Vater in einem Wildreservat arbeiten wird. Darum haben wir das Treffen vorgezogen und beschlossen, diesmal alle zusammen Urlaub zu machen. Wir haben eine superschicke Villa gemietet."

Sofort leuchteten Sabrinas Augen auf. „Ja, ich weiß, Mam hat sie mir im Internet gezeigt. Ich habe auch schon einen Plan gemacht, wie wir die Zimmer am besten aufteilen. Ich will das Zimmer mit dem blauen Doppelbett und dem eigenen Bad."

Typisch Sabrina! Sie musste unbedingt bestimmen, wo's langging. Daran waren auch unsere früheren Spielversuche gescheitert. Immer hieß es: „Wenn du nicht tust, was ich dir sage, dann bist du nicht mehr meine Freundin und ich spiele nie wieder mit dir." Woraufhin ich ehrlich zu antworten pflegte: „Super, dann bin ich dich endlich los." Daraufhin hatte Sabrina jedes Mal angefangen, wie am Spieß zu schreien und unseren herbeieilenden Müttern vorgeheult, ich hätte sie geschlagen, getreten und geschubst. Sie war da sehr erfinderisch.

„Wie wir die Zimmer aufteilen, besprechen wir vor Ort", sagte ich. „Du solltest lieber eins mit zwei Einzelbetten nehmen, oder willst du mit deiner Mutter in einem Doppelbett schlafen?"

Sabrina verzog ihren grellrot bemalten Mund. Jetzt sah sie nicht nur erstaunt, sondern auch noch dämlich aus. Dann fiel ihr ein erfreulicheres Thema ein. „Wie sind denn Fennys Brüder so?"

„Keine Ahnung, ich habe sie nie gesehen. Das heißt, doch, einmal am Flughafen, als ihr Flieger gerade an-

kam, kurz bevor unserer startete. Das ist aber Jahre her."
„Wie alt sind sie denn?"
Ich rechnete kurz nach. „Ron ist zehn, Derek ist zwölf, und Anthony dürfte inzwischen sechzehn sein."
„Sechzehn", freute sich Sabrina. „Sieht er gut aus?"
„Ich habe nicht drauf geachtet." Ich schulterte meinen Rucksack. „Und jetzt muss ich endlich den Proviant vorbereiten."
Auf dem Weg zur Treppe hörten wir aus dem Schlafzimmer einen verzweifelten Schrei. Mami packte bestimmt zum tausendsten Mal ihre Koffer um. Ich ging nachsehen, ob sie Hilfe brauchte. Völlig aufgelöst stand sie zwischen Kofferstapeln und Klamottenbergen. „Was, wenn es zwei Wochen lang in Strömen regnet und ich nicht genug warme Sachen dabeihabe?"
Sonja Brändle, die ihr half, indem sie Blusen faltete, ergänzte: „Oder, wenn zwei Wochen lang die Sonne runterknallt und du nicht genug luftige Sachen dabeihast?"
„Oder wenn meine Koffer in Timbuktu landen?"
Ich atmete tief durch, in der Hoffnung, dass sich meine Seelenruhe auf Mami übertrug. „Keine Sorge, du bist ja nicht allein. Notfalls leihe ich dir meine Ersatzjeans. Und Paul überlässt dir bestimmt eins seiner Bitte-nicht-füttern-T-Shirts."
Irgendwie beruhigte sie das nicht im Geringsten, sondern ließ sie nur noch fahriger die edlen Blusen und schicken Röcke hin- und herstapeln.
„Ganz ehrlich", sagte sie, „ich bin einfach nicht fürs Packen geschaffen. Das ist auch der Grund, warum du eine Hausgeburt warst, Emma. Bei Paul habe ich so

lange gebraucht, den Krankenhauskoffer zu packen, dass mir inzwischen die Fruchtblase geplatzt war."
„Danke, Mami, so genau wollte ich es echt nicht wissen." Schnell schob ich Sabrina, die kichernd hinter mir stand, zur Treppe.
„Wozu brauchst du Proviant?" Sie folgte mir in die Küche. „Ich dachte, du wärst magersüchtig, so dürr wie du bist. Oder leidest du an Bulimie?"
„Sag mir Bescheid, wenn dir die Beleidigungen ausgehen. Dann kann ich ja mal versuchen, mich mit dir richtig zu unterhalten." Energisch strich ich Butter auf Brotscheiben. Ich hatte keine Lust, ihr zu erklären, dass ich einen extrem hohen Grundumsatz habe. Unser Kinderarzt hatte mal gemutmaßt, mein Körper würde das Essen schon zu Energie verarbeiteten, bevor es überhaupt den Magen erreichte.
„Und dein Bruder", bohrte Sabrina weiter. „Der sah ja immer aus wie ein kleiner Bär. Wie hat er sich entwickelt?"
„Er ist zu einem großen Bären geworden."
„Schade. Ich stehe mehr auf athletische Typen."
Ich belegte die Butterbrote dick mit Schinken und Käse und klappte sie zu. „Paul mag sowieso lieber naturbelassene Mädchen."
Sabrina ritzte mit einem Fingernagel ein Wellenmuster in die Butter. „Am Strand lerne ich sicher ein paar richtig coole Typen kennen."
„Sag mal, fährst du in Urlaub oder gehst du auf Männerfang?"
„Genau deswegen fährt man doch in Urlaub! Dir reicht es vielleicht, Pinguinen beim Herumwatscheln zuzuse-

hen, aber ich habe etwas erwachsenere Ansprüche, wenn es darum geht, mich zu vergnügen."
Mami und Sonja kamen gerade noch rechtzeitig in die Küche, um zu verhindern, dass ich Sabrina die Butter ins Gesicht klatschte.
„Ach du je", sagte Mami, die vom Kofferpacken völlig erledigt war. „Ich habe ja ganz vergessen, die Katzen zu füttern und Frühstück zu machen. Immer diese Hetze."
Papi und Paul, die beiden großen Bären, gesellten sich zu uns. Sabrina warf Paul einen prüfenden Blick zu, zuckte kaum merklich die Schultern und wandte sich wieder ab. Paul war gerettet!
„Macht nichts", sagte Papi zu Mami. „Emma hat ja genug für uns alle gemacht." Er verteilte die Brote.
„He, mein Proviant!", rief ich.
„Keine Panik", meinte Mami. „Steve wird schon dafür sorgen, dass du nicht verhungerst."

FENNY packs FOR STRAY DOGS

stray dog Streuner
to heave hieven
closely nah, *hier:* mit großer Aufmerksamkeit
to be going to do sth vorhaben *od.* kurz davorstehen, etwas zu tun

In London, the Nevils were also getting ready for their trip to Tenerife. Fenny **heaved** her suitcase off the bed. Her dog Ken watched her **closely**. He knew she **was going to** leave.

She had started telling him about her trip to Tenerife a long time ago, to **make sure** he **got used to** the idea of spending two weeks without her.

Ken was a big, friendly dog with **silky** brown fur. His black eyes told her everything about his **moods** and feelings. Fenny was sure he could **read her mind** as well as she could read his.

"Aunt Jane is going to **take good care of** you," she promised. Aunt Jane was Steve's mum, who was house- and dog-sitting while they were all away. "She said she's going to paint lots of wonderful pictures of you." Aunt Jane had already started making **sketches**. Ken had sat perfectly still and made pretty faces. He was a born model.

Fenny carried the suitcase downstairs into the kitchen where she found Steve busy preparing his famous sandwiches.

"For Emma," he said.

Fenny **grinned** and opened her suitcase on the **worktop**. She went to fetch tins of dog food from the **larder** and **stacked** them on top of her T-shirts and shorts. "For stray dogs," she informed Ken. "Poor, unloved **creatures**, just like you before I found you." He gave her one of his gentle looks telling her he understood and wasn't jealous at all.

Steve fed Ken a piece of bacon, **wrapped** the sandwiches in **cling film** and put them in a small cool-box.

to make sure sichergehen
to get (got, got) used to sth sich an etwas gewöhnen
silky seidig
mood Laune
to read sb's mind Gedanken lesen
to take care of sb auf jdn. aufpassen
sketch Skizze
to grin grinsen
worktop Arbeitsfläche
larder Speisekammer
to stack aufstapeln
creature Geschöpf, Wesen
to wrap einpacken
cling film Frischhaltefolie

"**Luggage** check!" Fenny's dad **called** from the hall. She went to find out what he was talking about.

Dad had put the bathroom **scales** next to the front door. "We're not going to pay for **excess baggage** this time," he **announced**. "I'll **see to** that."

Fenny's twelve-year-old brother Derek was already there with a suitcase that looked as if it were full of **bricks**.

"We've **rented** a villa," Fenny said. "We don't have to build a house there."

Jack Nevil looked at the scales. "Three kilos over the limit. Let's see." He opened Derek's suitcase and found it full of books. "Oh, someone's planning to open a library on Tenerife."

"Holidays are for reading," Derek said **stubbornly**.

"You read day and night all year round. Give your eyes a break."

"I need at least one book a day or I'll get bored."

His father **bent over** and took out seven **hardbacks.** "**Paperbacks** are lighter. Go and get some. Your turn," he said to Fenny.

Fenny tried not to **groan** as she heaved the suitcase onto the scales. She didn't put it down **completely** but made sure part of the **weight** was still pulling on her arms.

"**No cheating!** Dog food, I suppose," her dad said.

luggage Gepäck
to call rufen
scales Waage
excess baggage Mehrgepäck
to announce verkünden
to see to sth sich um etwas kümmern
brick Backstein
to rent mieten
stubborn dickköpfig
to bend (bent, bent) over sich (hinab)beugen
hardback gebundenes Buch
paperback Taschenbuch
to groan stöhnen
completely komplett
weight Gewicht
No cheating! Nicht schummeln!

Mrs Nevil joined them. She was pulling a trolley. "Fenny, there are supermarkets on Tenerife. You can buy all the dog food you need over there. Take this stuff out and add some clothes instead. I'm sure you haven't packed enough to wear for two days, **let alone** two weeks."

Fenny **obeyed**, at least **partly**. When she returned, there were still four tins in her suitcase, wrapped in shirts to disguise them.

Anthony was next. The moment he **entered** the hall, the air **filled** with a **deadly** combination of deodorant and after-shave. Anthony was the **vainest** sixteen-year-old boy Fenny had ever met.

Fenny had been learning everything about the wildlife on the Canaries. "There are **hardly** any insects on Tenerife," she said, holding her nose. "But after your visit the rest will have left the island, too."

"Hardly any insects?" Steve asked. "Really? What about spiders, then?"

Fenny knew why he wanted to know. Steve **was fond of** Emma, and Emma was scared of spiders. Fenny grinned. "Very few. **Certainly** no big, **hairy** ones you need to protect Emma from."

Steve **turned red**.

Fenny's dad weighed Steve's suitcase and opened it. "What have we here?"

"That's my **lucky frying pan**," Steve said, **blushing** some more. "And some other kitchen stuff."

let alone ganz zu schweigen von
to obey gehorchen
partly zum Teil
to enter betreten; reingehen
to fill (sich) füllen
deadly tödlich
vain eitel
hardly kaum
to be fond of sb jdn. mögen
certainly (ganz) sicher
hairy haarig
to turn red rot werden
lucky frying pan Glückspfanne
to blush erröten

to sigh seufzen
deeply tief
no one keine(r)
sigh Seufzer
saucepan Topf
whisk Schneebesen
to turn out to be sich herausstellen als
as well auch
to insist auf etwas bestehen
recently vor Kurzem
condescending herablassend
counter-question Gegenfrage
impossible unmöglich
to give sth a wide berth einen großen Bogen um etwas machen
taste Geschmack
to suffer leiden
manners Manieren
battered zerbeult
leather Leder; ledern
to inherit erben
to fall ill krank werden
soothing beruhigend
presence Gegenwart

Jack Nevil **sighed deeply**. "Is there **no one** in this family who can go on holiday without taking half the house with them?"

With a **sigh**, Steve returned the pan, a **saucepan** and an extra-large **whisk** to the kitchen.

Anthony's suitcase **turned out to be** too heavy **as well**.

"You need to get rid of two kilos of luggage," his father **insisted**.

"Do I?" Anthony had **recently** started answering every question with a short, **condescending counter-question**. It had become **impossible** to talk to him. Not that Fenny minded. She gave his room **a wide berth**, anyway, because his **taste** in music had **suffered** as badly as his **manners**.

Ron was the last to join them in the hall. He carried a suitcase in each hand. The first, a **battered** old **leather** bag, weighed nothing at all.

"That's Mr Friendly's luggage, then," his dad said with a pleased look at the scales. "This guy really knows how to pack."

Mr Friendly was Ron's invisible friend. Ron had **inherited** him from Fenny six years ago, when he suddenly **fell very ill** on his fourth birthday. They were all terribly afraid he would die. Thanks to Mr Friendly's **soothing presence** – and maybe also thanks to **antibiotics** – he had **survived**. Fenny had only planned to **lend** Mr Friendly to Ron until he **got better**, but then she had **discovered** she was old enough to **get by** without Mr Friendly's help. So she had allowed Ron to keep him.

Ron took good care of Mr Friendly. He talked to him and fed him invisible food. Now he had packed a suitcase with invisible clothes, as Fenny noticed with great **satisfaction**.

"If this suitcase is empty," Derek said, "I could put some of my books in it."

"No way." Ron **clutched** the bag **protectively**. "Your stupid books will **crumple** Mr Friendly's shirts."

"**Who cares**, if nobody can see him?" Derek insisted. "Mr Friendly can run around **naked** and nobody will notice."

"And we should all **get going** now", their mum interrupted, "or the plane will leave without us."

"Oh, will it?" Anthony said **haughtily**.

"What about Dad's suitcase?" Ron wanted to know.

"It's already in the car," his father answered.

His wife **folded her arms**. "Did you pack all your cameras and stuff? Did you?"

Jack **mumbled** something about important **equipment**.

antibiotics Antibiotika
to survive überleben
to lend leihen
to get better sich erholen
to discover entdecken
to get by zurechtkommen
satisfaction Zufriedenheit
to clutch umklammern
protectively beschützerisch
to crumple zerknittern
Who cares? Na und?
naked nackt
to get going sich aufmachen
haughtily hochmütig
to fold one's arms die Arme verschränken
to mumble nuscheln
equipment Ausrüstung

"One camera is enough to photograph animals with," Beverly decided.

"Let Dad take his equipment," Fenny offered. "And I'll take my dog food, Derek can take his books, Steve his lucky pan, and we'll all be happy."

Jack rolled his eyes **heavenward**. "Oh Lord, give me **strength**." Then he went to take one of his suitcases back into the house.

Fenny gave Ken a **parting hug**, and they all **clambered** into the minivan. A light April rain **sprayed** onto the **windscreen**. Fenny closed her eyes, dreaming of sunshine and **palm trees**, and of how she'd make sure Steve and Emma finally **admitted** to themselves that they were made for each other.

heavenward gen Himmel
strength Stärke
a parting hug eine Umarmung zum Abschied
to clamber klettern
to spray sprühen
windscreen Windschutzscheibe
palm tree Palme
to admit zugeben

LANGE NICHT gesehen, Emma

Im Flugzeug sicherte sich Sabrina sofort den einzigen Fensterplatz, den wir noch gekriegt hatten. Das ärgerte mich sehr, denn aus dem Fenster zu schauen ist für mich das Schönste am Fliegen. Ich kann mir dann vorstellen, ich wäre ein Vogel, der einen gemütlichen Landeplatz sucht, wo er sich ein Nest bauen will. Oder ich stelle mir vor, ich wäre ein Außerirdischer, der die Erde gerade entdeckt hat und sie staunend betrachtet und

überlegt, was hier wohl für Lebensformen wohnen und wie er mit ihnen Kontakt aufnehmen will.
„Emma, setz dich doch neben sie", schlug Mami vor. „Dann könnt ihr euch nett unterhalten."
Ich sah sie ungläubig an. War sie wirklich so naiv, wie sie tat? Sie musste doch auf der Fahrt zum Flughafen bemerkt haben, wie Sabrina und ich uns angifteten. Aber wahrscheinlich war sie zu sehr damit beschäftigt gewesen, den Inhalt ihres Koffers in Gedanken immer wieder umzuschichten.
Paul rettete mich, indem er sich zwischen Sabrina und mich setzte. So hatte ich zwar nur einen Platz am Mittelgang, aber wenigstens einen Puffer zwischen der Zicke und mir. Paul ist ein prima Puffer, weil er erstens gut gepolstert ist und zweitens ein ausgeglichenes Gemüt hat, um das ihn selbst der Dalai Lama beneiden würde.
Als wir in der Luft waren, holte Sabrina einen Teneriffa-Reiseführer aus ihrem Handgepäck und sah sich die Fotos an. „Das sieht ja aus wie eine Mondlandschaft", meinte sie.
„Ist es ja auch", sagte Paul mit einem so unschuldigen Blick, dass ich sofort wusste, was jetzt passieren würde.
Paul ist der geborene Flunkerer. Kein Mensch kann so abstruse Geschichten erfinden und sie dermaßen überzeugend rüberbringen. Als ich noch kleiner war, bin ich regelmäßig darauf reingefallen. Beispielsweise in unserem Italienurlaub vor neun Jahren. Als wir einmal mit Badesachen bepackt zum Parkplatz kamen, sagte Paul mit todernstem Gesicht: „Die armen Leute im Ferien-

haus nebenan können sich nicht mal ein richtiges Auto leisten, sondern nur eine Fehlkonstruktion, die das Lenkrad auf der falschen Seite hat."
Ich stierte durchs Seitenfenster des grünen Wagens. Tatsächlich, das Lenkrad war vor dem Beifahrersitz angebracht. „Wieso kauft sich jemand so was?"
„Weil es weniger kostet." Paul zog mich an der Hand hinters Auto und deutete auf eine ovale Plakette mit den Buchstaben GB. „Das ist eine Abkürzung und heißt *Ganz Billig*."
Ich wollte gerade sagen: „Angeber! Bloß weil du schon lesen kannst und ich noch nicht." Doch in dem Moment bekam Papi einen so heftigen Lachkrampf, dass ihm sämtliche Badetaschen runterfielen. Während er alles wieder einsammelte und im Kofferraum verstaute, erklärte mir Mami, dass GB für *Great Britain* stehe, und dass dort alle Autos das Lenkrad rechts hätten, weil man auf der anderen Straßenseite fahre. Im Jahr darauf war ich dann das erste Mal in London bei den Nevils gewesen und hatte mich davon überzeugen können, dass es stimmte. Trotzdem war ich noch jahrelang immer wieder auf Pauls Geschichten hereingefallen.
„Wie, es ist eine Mondlandschaft?", fragte Sabrina jetzt.
„Habt ihr das nicht in der Schule gelernt?", fragte Paul zurück. „Vor neun Millionen Jahren streifte ein gewaltiger Meteorit den Mond, schlug ein Stück aus ihm heraus und riss es mit sich. Der Meteorit verfehlte knapp die Erde, aber die Mondtrümmer schlugen westlich von Afrika ins Meer ein. So entstanden die Kanarischen Inseln."

„Echt jetzt?" Sabrina starrte zwischen Paul und dem Reiseführer hin und her. „Davon steht hier aber kein Wort."
„Aber es steht sicher drin, dass es auf Teneriffa zahlreiche Pflanzen gibt, die man sonst nirgendwo auf der Erde findet", vermutete Paul.
Sabrina blätterte zum Kapitel „Pflanzen- und Tierwelt" und las nach. „Ja, tatsächlich."
„Siehst du", sagte Paul, als ob damit alles bewiesen wäre.
Endlich wurde Essen serviert. Zur Auswahl standen dreierlei Pasta oder Reis mit Huhn. Ich konnte mich nicht entscheiden, weil beides so lecker klang. Als Sabrina das Huhn nahm, entschied ich mich für die Pasta.
Sabrina stocherte mit der Plastikgabel in ihrem Essen herum. „Sieht ja widerlich aus. Das kann doch kein Mensch essen." Sie nahm den kleinen Joghurtbecher, der als Dessert dazugereicht wurde, und pulte den Deckel ab.
„Möchtest du meinen Joghurt haben?", fragte ich. „Ich esse dafür auch dein Huhn auf."
Sie ließ sich tatsächlich auf den Tausch ein, und so kam ich in den Genuss beider Bordessen.
Beim Landeanflug sahen wir eine Bergspitze aus einer kleinen Wolkenansammlung ragen. Ich war satt und zufrieden und hatte ein schönes, kribbliges Urlaubsgefühl im Bauch.
„Das ist der Teide, der höchste Berg Spaniens", sagte Sabrina, die in ihrem Reiseführer nachgelesen hatte. „Ein Vulkan. Da steht, die Kanarischen Inseln wären

vulkanischen Ursprungs. Ich glaube“, meinte sie mit einem Seitenblick auf Paul, „man hat dir in der Schule etwas Falsches beigebracht.“
„Der Einschlag der Mondtrümmer hat natürlich einen Vulkanausbruch verursacht“, sagte Paul ungerührt. So leicht ließ er sich nicht widerlegen. Seine Physik-, Geschichts- und Biologielehrer verzweifelten regelmäßig an ihm, weil sie ständig nachschlagen mussten, ob das, was er im Unterricht erzählte und in seinen Tests zusammenfabulierte, den Tatsachen entsprach oder völlig aus der Luft gegriffen war. Er wechselte das sehr geschickt ab, sodass sie ihm nicht auf die Schliche kamen.
Als wir landeten, war es noch früher Nachmittag. Ein leichter Wind wedelte sachte mit den Blättern der Palmen, die vor dem Flughafengebäude wuchsen. Ich atmete tief durch, genoss die Sonne auf der Haut und freute mich mit jeder Faser meines Körpers.
Wir holten an der Verleihstation unseren Mietwagen ab, einen Minivan, dann ging es ab nach Chayofa, wo eine Luxusvilla auf uns wartete – und die Nevils, deren Flieger eine Stunde früher gelandet war.
Rechts von der Autobahn ragten kargen Felswände empor, die wirklich aussahen, als kämen sie direkt vom Mond, wenn man von den vereinzelt wachsenden Kakteen mal absah. Links von uns lag das Meer, eine glitzernde blaue Fläche wie aus dem Bilderbuch, an der ich mich gar nicht sattsehen konnte.
Chayofa war ein vornehmer Villenort mit üppig bepflanzten Gärten. Papi verfuhr sich zweimal, dann hatten wir die richtige Villa gefunden. Er parkte quer

hinter einem Jeep und einem Kleinwagen. Diese beiden Autos hatten sicher die Nevils gemietet.
Ich starrte noch ganz verzückt auf das zweistöckige, verwinkelte Gebäude, als Fenny angerannt kam und mich so heftig umarmte, dass ich fast gegen die nächste Palme geknallt wäre.
„Emma! Look what a lovely house we have. I must show you the swimming pool. It's fantastic. And the rooms are so big and sunny." Sie kramte in der Tasche ihrer Shorts und hielt eine eingepackte Zahnbürste hoch. „And I bet you forgot to pack your toothbrush again."
Die vergaß ich nämlich jedes Mal, wenn ich zu ihr nach London flog. Klar, dass ich auch jetzt keine im Koffer hatte. „Oh, you're so sweet."
Inzwischen hatten auch die restlichen Nevils mitbekommen, dass wir da waren. Reihum umarmten wir uns, manchmal mehrfach, weil wir die Übersicht verloren, wer wen bereits begrüßt hatte. Dann stand Steve vor mir und sah aus, als wüsste er nicht, wohin mit seinen Händen. Letzten Sommer hatten wir noch völlig unbekümmert in einem Badeteich auf dem Heath geplanscht, und jetzt traute er sich kaum, mich anzusehen.
Ich nahm keine Rücksicht auf seine Hemmungen und umarmte ihn stürmisch, wie in alten Zeiten.
Daraufhin lachte er erleichtert und ich merkte, dass seine Stimme tiefer geworden war. „Oh, Emma, it's great to see you again. I missed you **loads**."
„I missed you, too, especially your **cooking**."

loads eine Menge
cooking Kochkünste

„I've got something for you, wait a second", entschuldigte er sich und kam kurz darauf mit einer kleinen Kühltasche zurück, der er ein eingewickeltes Sandwich entnahm.
Ich packte es in Windeseile aus und biss voller Vorfreude hinein. „**Incredible**, it's even better than I remember your sandwiches being."
„I changed the recipe a little", sagte er zufrieden.
„Ist der aber schnuckelig!", raunte Sabrina mir zu. „Ist das Anthony?"
„Nein, das ist Steve. Steve, this is Sabrina", stellte ich sie widerwillig vor. Am liebsten wäre mir gewesen, Steve hätte Sabrina die ganzen zwei Wochen überhaupt nicht bemerkt, als wäre sie so unsichtbar wie Fennys Freund aus Kindheitstagen.
„Hi", sagte Steve. Ich sah genau, wie sein Blick kurz tiefer wanderte, bevor er Sabrina wieder ins Gesicht sah.
Er hatte sich wirklich verändert. Vor einem Jahr hatte er jedenfalls noch keinem Mädchen in den Ausschnitt gestarrt, mir schon gleich gar nicht, weil es da nicht viel zu bestaunen gab. Aber Sabrina hatte einiges zu bieten und es war Steve nicht entgangen.
„Can I have a sandwich, too?", bat Sabrina. „**I'm starving**. The food on the plane was **awful**."
„Sure." Und schon landete eins der für mich bestimmten Steve-Spezial-Sandwiches in Sabrinas aufwendig lackierten Pfoten. „Yummy", sagte sie nach dem ersten Bissen. „This is the best sandwich I ever had."

incredible unglaublich
I'm starving. Ich sterbe vor Hunger.
awful furchtbar

feather Feder
old chap Alter

Kam es mir nur so vor, oder strahlte Steve über ihr Lob mehr als über meins? Kaum hatte sich Sabrina erfolgreich bei Steve eingeschleimt, schon nahm sie sich Fenny vor. „Your earrings are beautiful."
Davon, dass Fenny ansonsten aussah wie frisch aus dem Wald, sagte sie nichts.
„I collect earrings", erklärte Fenny. „These are made of parrot **feathers** from the zoo where my dad works."
„How fascinating." Sabrina tat so, als könne sie den Blick gar nicht abwenden.
Ron gesellte sich zu uns. Fenny schob ihn vor sich. „This is my youngest brother Ron."
„And this is Mr Friendly", sagte Ron und zeigte neben sich.
„Hi, Mr Friendly." Ich kannte ihn noch aus der Zeit, als er Fenny gehört hatte.
Ich selbst habe nie einen unsichtbaren Freund gehabt, aber dafür habe ich als Kind immer ausgiebig mit meinen Stofftieren palavert. Heute vertraue ich meinen Kummer meistens Muffin an. Katzen sind die besten Zuhörer der Welt. Wenn man Trost braucht, schnurren sie. Wenn man vor Angst bibbert, schmiegen sie sich beruhigend an einen. Und wenn man einfach nur Langeweile hat, führen sie einem vor, wie gelenkig sie sind und an welchen schwer erreichbaren Stellen sie sich mit der Zunge putzen können.
Paul kam zu uns herüber und begrüßte Mr Friendly mit einem fröhlichen „Hello, **old chap**." Paul kannte Ron, Derek und Anthony bestens und natürlich auch Mr Friendly. Dafür traf er Fenny heute zum ersten Mal.

Sabrina starrte Paul skeptisch an. „Kommt Mr Friendly auch vom Mond, oder was?"
„You have to speak English, the Nevils don't understand German", sagte Paul.

so-called
so genannt
to pull sb's leg
jdn. auf den Arm nehmen

„I can't see this **so-called** Mr Friendly. Is he from the moon, or what? You're **pulling my leg** again."
„Not at all." Paul legte einen Arm um Mr Friendlys unsichtbare Schultern. „I wish I had a friend like him. Shall I ask him if you're his type?"
„Du kannst mich mal", murmelte Sabrina unwirsch und ließ Paul stehen.
„Bin ich froh", sagte Paul zu mir, „dass du nicht so eine Tussi bist, sonst wäre es mit dir als Schwester nicht auszuhalten."
Schließlich machten wir uns daran, die Schlafzimmer zu verteilen.
Neben dem Pool gab es ein kleines Gartenhaus, dort zogen Fennys Eltern ein.
Im Erdgeschoss, gleich neben dem riesigen Wohnzimmer mit den verglasten Fronten, war ein Schlafzimmer mit eigenem Bad, das Mami und Papi für sich beanspruchten.
Im ersten Stockwerk gab es zwei riesige Marmorbäder und vier Schlafzimmer mit holzvertäfelten Wänden und streichelweichen Teppichböden. Eins davon teilten sich Ron, Derek und Anthony. Paul und Steve hatten ein gemeinsames Zimmer, ebenso Sabrina und ihre Mutter, und das letzte bekamen Fenny und ich.
Ich leerte den Inhalt meines Rucksacks in die Kommode, deren breite Schublade sich völlig lautlos öffnete,

so ganz anders als die ständig verklemmten Schubladen in meinem Zimmer. Dann hockte ich mich auf den rosafarbenen Bettüberwurf und sagte: „I don't like the way Sabrina is **sucking up to** everyone."
Fenny setzte sich neben mich und meinte vergnügt: „Don't worry. I'll keep her away from Steve. I'm really good at **creating diversions**. Like those **spies** in action movies. I could be your undercover agent. **What do you reckon?**"
Fenny war dem Alter, wo man alberne Wir-tun-jetzt-so-als-ob-Spiele spielte, wohl noch nicht ganz entwachsen, dabei war sie nur ein halbes Jahr jünger als ich. „Steve can take care of himself", sagte ich, ohne auf ihren kindischen Vorschlag einzugehen.
Fenny schüttelte den Kopf so heftig, dass die Federohrringe flatterten wie kleine, aufgeregte Papageien. „You really **don't have a clue**, do you?"
Seit wann sprach Fenny in Rätseln? Sie war doch sonst die Direktheit in Person und redete nie um den heißen Brei herum. Im Gegenteil, sie sagte einem Sachen ins Gesicht, die ich mich nicht mal zu denken traute.
„I don't have a clue about what?"
Fenny lehnte sich auf die Ellbogen zurück. „I'm sure it's more fun if you find out **all by yourself**. That's **the way it's supposed to be**. If I tell you, there'll be no more **romance** in it. So think of this as top secret."

to suck up to sb sich bei jdm. einschleimen
to create a diversion Ablenkung schaffen
spy Spion(in)
What do you reckon? Was hältst du davon?
to not have a clue keine Ahnung haben
all by yourself ganz alleine
the way it's supposed to be wie es sein soll
romance Romantik

„What's Sabrina got to do with romance?"
„Not Sabrina. Are you really this **dense** or are you just **winding me up**?"
Allmählich wurde es albern. „Look, **whatever** it is, just keep it to yourself. Me, I'm just here for a holiday and some of Steve's great food. I don't care about your **childish** spy games."

dense begriffsstutzig
to wind sb up jdn. verarschen, jdn. ärgern
whatever was auch immer
childish kindisch
to go out with sb mit jdm. zusammen sein
couple Paar

Ob Fenny mich vielleicht mit Mr Friendly verkuppeln wollte? Ihr war alles zuzutrauen.
„This isn't about spy games", sagte Fenny. „It's about something very, very serious. Have you ever fallen in love?"
„No, not really. There was a boy I **went out with** for a **couple** of weeks, but it wasn't at all as exciting as I thought it would be."
Womöglich hatte Sabrina recht gehabt mit ihrer blöden Bemerkung: „Dir reicht es vielleicht, Pinguinen beim Herumwatscheln zuzusehen, aber ich habe etwas erwachsenere Ansprüche, wenn es darum geht, mich zu vergnügen." Ja, ich war recht genügsam. Ich war eben noch nicht so weit entwickelt, dass ich Jungs hinterherkicherte und stundenlang darüber tratschte, wer zu wem passte und wer unbedingt verkuppelt werden musste und welcher Junge besser küsste und was es noch alles für wichtige Themen gab, über die sich die Mädchen in meiner Klasse stundenlang unterhalten konnten. Ich stand dann immer etwas abseits und kam mir vor wie – ja, wie vom Mond.

„That's because it was the wrong boy", sagte Fenny. „For each of us there is a Mr Right."
„And for you it's James Bond, so you can play undercover agents with him."
Anstelle einer Antwort warf Fenny mir ein Kissen an den Kopf. Es war wie in alten Zeiten.

FENNY plays MATCHMAKER

Fenny **changed** into her red bikini. "You didn't **happen to** see any stray dogs on your **drive** here?" she asked Emma, who was **rummaging** through her clothes drawer.
"No, but I'm sure one will cross our path sooner or later." Emma **wriggled** into her swimming costume.
Fenny had a talent for **attracting** lost and **wounded** animals. **Abandoned** dogs, stray cats, **injured** birds and rabbits who had been hit by a car – they all **somehow** found their way to Fenny. **Whenever** she had stayed at Emma's house, a lonely **kitten** had **turned up**. Emma now had three cats. After Fenny's next visit she was sure to have four.

matchmaker Kuppler(in)
to change *hier:* sich umziehen
to happen to do sth zufällig etwas tun
drive Fahrt
to rummage durchwühlen
to wriggle sich winden
to attract anziehen, anlocken
wounded verwundet
abandoned ausgesetzt
injured verletzt
somehow irgendwie
whenever immer wenn
kitten Kätzchen
to turn up auftauchen

"Which **reminds** me," said Emma, pulling the **straps** over her shoulders, „to give you a kitten **kiss** from **Mr Belly**." She **rubbed** her **cheek** against Fenny's. "Muffin sends you his loudest **purr**." She tried but **failed** to **imitate** him. "And **Sir Hiss** sends **greetings**, too." Emma hissed.

Fenny **covered** her face with her hands, because after hissing his little heart out, Sir Hiss would always **spit** at her. It was his way of saying hello. As soon as he had the hissing and spitting routine out of the way, he'd **cuddle up** to her and be very **loving**.

Emma took Fenny's hands away and kissed the **tip** of her nose. "Don't worry, I'm not going to spit at you." She took a step back so Fenny could see her properly. "Tell me the truth, do I look like a woman?"

Her simply cut, blue swimming costume made her chest look even **flatter** than it was.

"No, not at all," Fenny said **honestly**. "Even I look more **grown-up** than you, although I'm younger and have **messy** hair. Try on my **spare** bikini. It's got a **padded bra**. Maybe that'll help a little."

Of course, even in this bikini Emma didn't look half as sexy as Sabrina, but Fenny was sure Steve didn't care

to remind sb of sth jdn. an etwas erinnern
strap Träger
kiss Kuss
‚Mr Belly' ‚Herr Bauch'
to rub reiben
cheek Wange
purr Schnurren
to fail scheitern; nicht schaffen
to imitate nachahmen
‚Sir Hiss' ‚Sir Zischen'
greeting Gruß
to cover decken
to spit (spat, spat) spucken
to cuddle (up) kuscheln, sich anschmiegen
loving liebevoll
tip Spitze
flat flach, platt
honestly ehrlich
grown-up erwachsen
messy unordentlich
spare Ersatz-
padded bra gepolsterter BH

about Sabrina's **cleavage**. He wasn't that **superficial**. Anthony, **on the other hand ...**

"I just had a **brainwave**," Fenny whispered as they walked downstairs to join the others by the pool. "Next time I have a chance to talk to Sabrina alone, I'll tell her what a fantastic guy Anthony is. And then I'll tell Anthony that Sabrina **thinks he's the bee's knees**. He's such a **twit**, I'm sure he'll be **besotted** with her in no time at all. Then you'll have nothing to worry about."

Emma **fiddled** with her hair. "What could I possibly have to worry about?"

"You just don't **get** it, do you?"

"Is this your spy game again?"

"Oh, forget it." Fenny was sure it was better for Emma to discover her true feelings a bit at a time. She shouldn't have mentioned Steve at all. For Fenny, other people's emotions were an open book. Steve was so **obviously** in love with Emma. How could anybody not notice? Emma had to know deep down that there could be no other boy for her than Steve. Well, Fenny was really good at playing matchmaker. Most of the girls in her class **owed** her a lot **in that respect**. Fenny often wondered how her parents had managed to fall in love and get married without her help.

The stairs **led** right down into the **combined** living and dining room. The kitchen was on the right. Fenny and

cleavage Dekolleté
superficial oberflächlich
on the other hand andererseits ...
brainwave Geistesblitz
to think sb is the bee's knees jdn. für den Größten halten
twit Trottel
besotted vernarrt
to fiddle wuscheln
to get sth etwas kapieren
obviously offensichtlich
to owe schulden
in that respect in dieser Hinsicht
to lead (led, led) führen
combined kombiniert

Emma found Steve merrily opening cupboards and **inspecting cutlery** drawers. He was in his element. "Look at this." With **undisguised** enthusiasm he pointed at a huge glass bowl **overflowing** with fresh fruit. He opened the fridge to show them how nice and full it was. "The **landlord** said we'd find a welcome **package**. It's more than **generous**. I'll be able to prepare a nice dinner for everybody."

Emma clapped her hands. "Great. Your cooking is the best part of the holiday. Shall we go shopping together tomorrow? Have you got a cookbook with Spanish recipes? Do you know how to make paella?"

Someone came up from behind and pushed Fenny **aside**. It was Sabrina, wearing a bikini that was more than **daring**. "How can you treat Steve like this?" she said with a **reproving glance** at Emma. "He's not your **servant**." She **beamed** at Steve. "Why don't you come out to the pool and have some fun?"

Fenny took Sabrina by the arm with a gentle but **firm grip**. "Believe me, Steve is having all the fun he can take." She **walked** her to the open **French windows** leading to the garden. "Have you already met my **gorgeous** brother Anthony?"

As they crossed the **lawn**, she let go of Sabrina's arm and pointed to the other

to inspect inspizieren
cutlery Besteck
undisguised unverhohlen
to overflow überlaufen
landlord Hausbesitzer
package Paket
generous großzügig
aside zur Seite
daring gewagt
reproving tadelnd
glance (schneller) Blick
servant Diener
to beam strahlen
firm fest
grip Griff
to walk sb *hier:* jdn. führen
French window Terrassentür
gorgeous wunderschön, hinreißend
lawn Rasen

end of the garden. Anthony was standing by the pool, carefully **dipping** a toe into the water to test the temperature. "The **good-looking** guy over there – that's my dear brother Anthony. All the girls in Hampstead are crazy about him."

"Hampstead? I thought you were from London."

"Hampstead is the **poshest** place to live in London. All the **big shots** live there. Multimillionaires, actors, pop stars, you name it. Anthony is **currently** going out with the daughter of the film star who lives **next door**."

The truth was, Anthony wasn't going out with anyone. And the people next door were an elderly couple with no kids at all. Fenny was sure Sabrina wouldn't find out she had told her a load of **rubbish**, **since** Anthony didn't talk much these days.

"A film star." Sabrina seemed quite **impressed**.

"The daughter of a film star," Fenny corrected. "She's an incredibly beautiful girl. I hope you're not **offended** if I say so, but I don't think you have a chance with Anthony."

Sabrina took the **bait**. She shook her **mane** of **glossy** black hair. "We'll see."

to dip eintauchen
good-looking gut aussehend
posh schick, vornehm
big shot großes Tier
currently zur Zeit
next door nebenan
rubbish Müll; Unsinn
since *hier:* da
impressed beeindruckt
offended beleidigt
bait Köder
mane Mähne
glossy glänzend

Mensch, Emma, du merkst wirklich gar nichts

Ich war froh, Sabrina erst mal los zu sein. Aber warum Fenny sie unbedingt mit ihrem Bruder verkuppeln wollte, kapierte ich nicht. Ich jedenfalls würde Paul so etwas nie antun. Überhaupt schien Fenny irgendetwas zu wissen, was ich nicht wusste. War Anthony vielleicht in mich verknallt? Und was wäre so schlimm daran? Ich überlegte kurz, welchen Eindruck ich vorhin bei der Begrüßung von ihm bekommen hatte. Er war ein großer, schlaksiger Kerl, der drei Kilometer gegen den Wind nach Herrenparfüm roch. Er hatte schöne Augen, aber zu viel Gel in den Haaren. Mehr war mir auf die Schnelle nicht aufgefallen.

An Steve reichte er jedenfalls nicht heran. Steve hatte sich mächtig verändert und sah überhaupt nicht mehr wie ein Eichhörnchen mit Zahnspange aus. Zum einen trug er die Zahnspange nicht mehr, zum anderen war sein Gesicht voller geworden, irgendwie kantiger und männlicher. Um die Augen hatte er einen Kranz hauchfeiner Lachfältchen.

Ich beobachtete fasziniert, wie er mit chirurgischer Präzision eine Tomate hauchdünn schälte und aus der Schale eine perfekte Rosenblüte formte, die er in die Mitte einer Servierplatte setzte.

Er lächelte mich an. „Could you help me with the bread?“

Ich machte mich mit meinen ungeschickten Händen über das Brot her und säbelte es in Scheiben von sehr abwechslungsreicher Dicke.
„It's a pity Fenny and I can't come to stay with you this summer", sagte Steve.
„Why don't you come alone?", bot ich an. „Or do you have to look after Ken while they're away?"
„Ken will be staying with my family, but that doesn't mean I can't travel **on my own**." Steve löffelte das Fruchtfleisch aus einer Avocado und beträufelte es mit Limettensaft. „I plan to join the Nevils in Kenya for three weeks. I'm going to learn to cook African food."
„Oh, great. I'm sure you'll learn a lot of new and interesting things there."
Steve sah mich nachdenklich an und legte den Kopf schief. „I was wondering **whether** you might like to come to Kenya, too."
„Me? To Kenya?" Was für ein verrückter Vorschlag. „But I can't travel to Africa all on my own! I'm too young. I'd probably **get lost** in the jungle or in the desert or whatever they have in Kenya, and be eaten by lions."
„I could come to Germany first and then we could fly to Kenya together."
Das wurde ja immer irrer. Hatte Fenny ihm den Floh ins Ohr gesetzt? Sie hatte ja derzeit lauter verrückte Ideen.
„I don't even know where exactly Kenya is", gab ich zu, während ich die Brotscheiben so schichtete, dass man ihnen nicht mehr ansah, wie krumm sie geschnitten waren.

on my own alleine
whether ob
to get lost sich verlaufen

In dem Moment platzte Mami in die Küche und wollte unbedingt, dass ich ihr half, die Liegestühle aufzubauen. Ich stibitzte noch schnell ein Stück Avocado, dann folgte ich ihr auf die Terrasse. Sofort war ich von der Helligkeit so geblendet, dass ich erst mal stehen blieb, die Augen zusammenkniff und mich dann umsah. Was für eine Aussicht! Berge, Meer, Palmen, strahlend blauer Himmel. Und dazu dieser herrliche, blühende Garten, der so groß war, dass man sich darin verlaufen konnte.

Papi und Jack berieten fachmännisch, wie man den gemauerten Gartengrill am besten in Gang setzte. Ron und Paul standen am Pool und machten rudernde Bewegungen in der Luft. Wahrscheinlich brachten sie Mr Friendly Schwimmen bei. Derek saß auf einem Liegestuhl und las. Beverly und Sonja verteilten Handtücher. Fenny entdeckte ich bei einer Gruppe hoher, nadeliger Büsche.

Nachdem ich mit Mami alle Liegestühle aufgeklappt hatte, ging ich zu Fenny rüber. Sie sah mich kommen und legte den Finger auf den Mund. Als ich bei ihr angelangt war, hörte ich Sabrinas Stimme. Ich linste um die Büsche herum. Sabrina und Anthony hockten mit dem Rücken zu uns auf einer niedrigen Mauer.

„I love romantic movies“, sagte Sabrina gerade.

„Do you?“, fragte Anthony gedehnt. Es klang, als würde er sich über sie lustig machen.

„Absolutely. Action movies are great, too, of course.“

„Are they?“

„I wonder what it's like to be a famous actress. They must lead very interesting lives.“

„Oh, must they?“
Ich sah Fenny mit hochgezogenen Augenbrauen an. „What's the matter with Anthony?“, fragte ich flüsternd.
„He's just being an idiot, that's all.“
Sabrina schien sich nicht an Anthonys Einsilbigkeit zu stören. „On the other hand, it must be difficult too. You're **constantly** being followed by paparazzi. Imagine you're going out with someone and while you're walking hand in hand some stupid **photographer** is watching your every step. Film stars have no private life at all, if you ask me. It's probably so much nicer to go out with a normal, **everyday** girl.“ Sie kicherte. „As long as she looks like a supermodel. Do you think I look good?“
„Do you?“
„You're very **monosyllabic**.“
„Am I?“
„Oh, **come on**, say something.“
„Must I?“
„Du kannst mich mal.“
„Huh?“
„**Get lost.**“
Fenny und ich drückten uns tiefer in die pieksenden Büsche, als Anthony an uns vorbeirauschte, gehüllt in eine Wolke exotischer Düfte. Wir folgten ihm langsam. „What was all that about?“, fragte ich Fenny.
„I wanted Sabrina to get interested in Anthony, so I told her he was going out with the daughter of the film star next door.“

constantly ständig
photographer Fotograf(in)
everyday alltäglich, gewöhnlich
monosyllabic einsilbig
Come on. Komm schon.
Get lost. Verpiss dich.

„As far as I remember there's a nice elderly couple living next to you."

„Sure, but I wanted to make him sound interesting and **desirable**. Now he's spoiled it all with his total **lack** of **conversational skill.**"

Sabrina holte uns ein. „Are all English boys like that?", fragte sie Fenny. „Anthony is very strange."

Fenny zupfte an ihrer Unterlippe. „Emma, do you think Anthony is strange?" Sie zwinkerte mir dabei zu.

Mir blieb nichts anderes übrig, als ihr albernes Spiel mitzuspielen. „No, not at all", behauptete ich. „He's **enigmatic** and mysterious. You probably have to live in the world of movie stars to understand what a **charming** combination of **character traits** that is."

Wenn ich so weitermachte, würde ich Paul bald den Rang als Oberflunkerer ablaufen.

Einen Moment lang wirkte Sabrina etwas verwirrt, dann erinnerte sie sich anscheinend wieder daran, dass sie sich bei Fenny einschleimen wollte und sagte: „It must be exciting to live in London and **socialize** with such interesting people. I bet Emma and her **chubby** brother have never met a movie star face to face."

Fenny sah zum Pool, wo Paul und Ron immer noch damit beschäftigt waren, dem unsichtbaren Mr Friendly die Angst vor dem Wasser zu nehmen.

Auch wenn ich von Sabrina Beleidigungen aller Art gewöhnt war – an Paul durfte sie sich nicht vergreifen. Ich wollte ge-

desirable begehrenswert
to spoil verderben
lack Mangel
conversational skill Unterhaltungsgeschick
enigmatic geheimnisvoll
charming charmant
character trait Charakterzug
to socialize gesellschaftlich verkehren
chubby pummelig

rade zu einer Verteidigungsrede anheben, als Fenny meinte: „Paul isn't chubby. He's fat."
„Fat?" Ich war entsetzt. Niemand darf meinen Bruder fett nennen. Zumal er es gar nicht ist. Fett sieht ganz anders aus. An Paul wabbelte und schwabbelte nichts. Er war einfach nur stellenweise gut gepolstert.
„Someone has to do something about it." Fenny bekam den entschlossenen und zugleich mitleidsvollen Blick, den sie immer draufhat, wenn sie ein verhungerndes Kätzchen aufliest. „Someone has to help him to get rid of the extra **flab** around the middle."
Das versetzte mir einen Stich. „Paul is **just right** the way he is. Being **slim** wouldn't **suit** him at all."
„Don't worry, Emma. I'll be very diplomatic."
Fenny und diplomatisch! Sie war der unverblümteste Mensch, den ich kannte. Schon rannte sie zum Pool, um ihre Mission zu starten. Ich wetzte hinterher. „Fenny, stop it. **What's got into you?** I thought you didn't **judge** people by their **looks**. What about **inner beauty**?"
Sie war bisher nie so oberflächlich gewesen. Oder hing das mit ihrem Helfersyndrom zusammen? Da sie gerade keinen Hund zum Aufpäppeln hatte, dachte sie vielleicht, sie könnte ersatzweise Paul bemuttern.
Fenny ignorierte meinen Einwand. „Hi Paul", rief sie fröhlich winkend.
Paul wartete, bis sie bei ihm angekommen war. **„What's up?"**

flab Speck
just right genau richtig
slim schlank
to suit passen
What's got into you? Was ist in dich gefahren?
to judge beurteilen
looks Aussehen
inner beauty innere Schönheit
What's up? Was gibt's?

Fenny sah ihn sich ganz genau an. „How tall are you?"
„One metre seventy centimetres. I don't know what that is in feet or **inches** or whatever you **measure height** in."
„And how heavy are you?"
„I weigh eighty-five kilos."
„That's ten kilos too much. At least. We have to do something about it. I'm volunteering to be your **personal** trainer."
Paul gebot ihr mit vorgestreckter Handfläche Einhalt. „I'm happy the way I am, Fenny. And my extra weight isn't all fat, I have **plenty** of muscles too." Er winkelte die Arme an und ließ seine Muskeln spielen.
Fenny nickte anerkennend. „Nice biceps. Just imagine what you'll look like with a **washboard stomach**. I'm going to put you on a low-fat, sugar-free diet. On top of that I'll see to it that you do at least one hour of exercise every day. What do you say?"
Paul machte einen Schritt auf Fenny zu. „I say thanks." Mit einer schnellen, flüssigen Bewegung nahm er sie auf die Arme und drehte sich zum Pool. „But no thanks." Und ließ sie ins Wasser plumpsen.
Fenny tauchte kurz unter, dann kam sie prustend und lachend an die Oberfläche. „That calls for **revenge**!"
Paul sprang hinterher, woraufhin sie versuchte ihn unterzutauchen. Ron, Jack und Papi mischten sofort mit, und schon war die wildeste Wasserrauferei im Gange.

inch Zoll
to measure messen
height (Körper)-größe; Höhe
personal persönlich
plenty reichlich
washboard stomach Waschbrettbauch
revenge Rache

Unsere Mütter schüttelten lachend die Köpfe. Derek sah nicht mal von seinem Buch auf. Der wasserscheue Mr Friendly war bestimmt längst auf eine Palme geflohen.
„God, they are so childish“, sagte Sabrina.
„Aren't they?“, stimmte Anthony ihr zu.
„Dinner is ready“, rief Steve vom Haus her.
Endlich! Mir war von dem vielen Gerede über Diäten und Abspecken schon ganz schwach vor Hunger.

MONTAG

FENNY wakes up EARLY

Fenny was full of **bounce**. Life was a big, exciting adventure and she didn't want to miss anything. Her mum said that kids needed a lot more sleep **during** puberty, but Fenny needed even less now. It seemed logical to her, because life was becoming more exciting every day.

She **swung** her legs over the side of the bed, **slipped into** shorts and a shirt and went downstairs to watch the day come alive. She crossed the dark room until she stood by the glass door. With a happy sigh, she let her eyes travel over the **barren** hills, right down to the harbour of Los Christianos and the Atlantic Ocean. Where the sea met the sky a **faint** gold line **heralded** the **sunrise**.

Her **thoughts** moved **ahead** to Kenya. What would it be like to live there? She was so looking forward to seeing the African sunrise and watching exotic animals in their natural **surroundings**. Fenny was **buzzing with excitement**. There was so much to **explore**, so much to learn.

She heard a soft **footfall** behind her and smiled. She didn't have to turn to know who it was. She wouldn't have seen him anyway.

bounce Schwung
during während
to swing (swung, swung) schwingen
to slip into *hier:* hineinschlüpfen
barren karg
faint schwach
to herald verkünden
sunrise Sonnenaufgang
thought Gedanke
ahead weiter voran
surroundings Umgebung
to buzz with excitement in heller Aufregung sein
to explore erkunden
footfall Tritt

"Good morning, Fenny," Mr Friendly **greeted** her. "Looking for stray dogs to take care of?"

"No, I'm watching the day wake up." As if **on cue**, the sky **took on a reddish glow**. It was a pity she couldn't watch the actual sunrise; the view to the east was blocked by the mountain. "And I've already found someone to take care of."

"I don't think Emma wants to be taken care of," Mr Friendly said gently.

"Emma? Oh, you mean I shouldn't play matchmaker for her and Steve? I have to. There's no chance they'll ever get together if I don't push them a little. They're both so **shy** and **insecure**. Emma has only had one boyfriend so far, and Steve is completely socially **awkward**."

"Fenny, I know how stubborn you are. But you can't control other people's emotions."

"I can control their actions."

"Not if they don't **let** you. Like Paul."

"Why do you have to **bring him up**?"

"Because you're trying to take care of him as well. He made it **pretty** clear he's not interested in your help."

Fenny wondered why Mr Friendly wasn't helping her with suggestions the way he had often done when she was little. He'd told her how to **achieve** what she wanted to and **overcome obstacles** on the way. Now he was doing exactly the opposite: he was blocking

to greet grüßen
on cue aufs Stichwort
to take on annehmen
reddish rötlich
glow Glühen
shy schüchtern
insecure unsicher
awkward unbeholfen
to let *hier:* erlauben
to bring up zur Sprache bringen
pretty *hier:* ziemlich
to achieve erreichen
to overcome überwinden
obstacle Hindernis

her. "Some people hate any little change in their **habits**. But I'm sure Paul will be **grateful** in the end."
"He's a very **centred** person. You're going to **unbalance** him."
"He can be centred and fit at the same time."
Mr Friendly sighed as if he were **about to** lose **patience**. "Your idea of physical fitness is**n't necessarily** the same as his. You have to learn to be more tolerant. It's all part of growing up. What was it you just thought? There's so much to explore ... But that's not only true of the world outside. There's even more to explore in yourself. Think about it."
Fenny turned and put her hands on her **hips**. "You know, one of the reasons I **passed you on** to Ron is that I was **getting tired of** your **lectures**."
She thought she saw Mr Friendly grin before he walked off to watch over her little brother.

habit Gewohnheit
grateful dankbar
centred zentriert
to unbalance aus dem Gleichgewicht bringen
to be about to do sth kurz davor stehen, etw. zu tun: etw. vorhaben
patience Geduld
not necessarily nicht unbedingt
hip Hüfte
to pass on weitergeben
to get tired of sth einer Sache überdrüssig werden
lecture Vortrag

HEUTE SCHON gekämmt, Emma?

„Trampeltier", murmelte ich und versuchte noch mal einzuschlafen, aber Fennys unvermeidliches Herumgehopse am frühen Morgen hatte mich geweckt.

Ich räkelte mich und genoss die Vorstellung, dass ich zwei wunderbare Wochen vor mir hatte. Sonne, Meer, Wanderungen, Herumalbern mit Fenny, Steve beim Kochen zusehen, leckeres Essen bis zum Abwinken. Getrübt wurde mein Glück nur von Sabrina und ihrer tollen Bikinifigur. Das allein wäre ja nicht so schlimm gewesen, wenn sie nicht ständig darauf herumreiten würde, wie kindlich ich noch aussah und mich angeblich auch benahm. Wenn sie so weitermachte, fiel es irgendwann jedem auf, sogar Steve, der sich Mädchen eigentlich nie so genau ansah. Aber er hatte Sabrina bei der Begrüßung in den Ausschnitt gestarrt, das hatte ich genau gesehen. So verzückt starrte er sonst nur die Auslagen im Delikatessengeschäft an. Na ja, ein bisschen sahen Sabrinas Brüste ja auch wie Hokkaido-Kürbisse aus.

Ich stand auf und drehte mich vor dem verspiegelten Kleiderschrank hin und her. Könnte ja sein, dass ich über Nacht ein paar neue Rundungen bekommen hatte. Fehlanzeige. Das einzig Rundliche an mir waren die Bärchen auf meinem Schlafanzug.

Ich hörte Stimmen am anderen Ende des Flurs, aus dem Zimmer, das sich Paul und Steve teilten. Sofort hatte ich eine prima Idee. Ich würde Steve anbieten, mit ihm zusammen nach einem Bäcker zu suchen, bei dem wir frische Brötchen fürs Frühstück bekamen. Ich stürmte in den Flur, hielt aber sofort wieder inne. Steve kannte meine heiß geliebten Bärchenschlafanzüge zwar in- und auswendig, aber ich musste mir dringend einen neuen Stil zulegen. Ob Sabrina mir eins ihrer Seidennachthemden lieh? Dann erinnerte ich mich daran, wie sie gesagt hatte, dass die an mir nur unvorteilhaft herumhängen würden. Mist!

Die Tür am Ende des Flurs ging auf und Paul kam raus.

„Guten Morgen, Zauselchen“, sagte er.

„Morgen, Zottelbär.“

Er grinste und wuschelte sich durch die braunen Locken, die mal wieder einen Haarschnitt vertragen hätten. Was das betraf, würde Fenny ihm wenigstens keine Vorschriften machen, denn sie sah selbst immer aus, als ob sie sich ihre Haare nicht schneiden sondern von sämtlichen Tieren des Londoner Zoos abknabbern lassen würde. Ich folgte Paul in das Bad, das sich die Jungs teilten.

„Du, sag mal, wie findest du eigentlich Fenny?“ Paul hatte sie ja vorher nicht gekannt, da er immer bei ihren Brüdern und ihrem Vater war, wenn Mami und ich mit Fenny und ihrer Mutter zusammen waren. Sie musste ihm so fremd sein wie mir Fennys Brüder waren. „Tut mir leid, dass sie dich gestern so genervt hat.“ Beim Abendbrot hatte sie Paul ständig vorgerechnet, wie viele Kalorien er gerade zu sich nahm. Oberpeinlich!

„Keine Sorge, ich kann mich schon wehren“, sagte Paul.

Ich drehte eine kleine, verpackte Seife zwischen den Fingern. „Sie ist wirklich ganz arg süß. Normalerweise. Echt.“

„Es ist zu spät, sie mir anzupreisen. Ich habe mir längst meine eigene Meinung über sie gebildet.“

„Und?“

Paul spritzte sich kaltes Wasser ins Gesicht. „Sie ist ein total verrücktes Huhn.“

Ich lachte und fing an, die Seife auszupacken. „Ja, das haut hin. Es macht dir also wirklich nichts aus, dass sie dich zu dick findet?"
„Ne, es macht mir schon lange nichts mehr aus, wie andere über mein Aussehen denken. Erstens bin ich nicht dick, sondern nur ein bisschen übergewichtig, und zweitens finde ich mich selbst total richtig, wie ich bin. Im Gegensatz zu dir, übrigens."
Ich rubbelte an meiner Stirn.
„Was machst du da?", fragte Paul.
„Ich wische die Schrift weg."
„Welche Schrift?"
„*Emma findet sich zu dünn*. Das muss da stehen, oder woher weißt du sonst, dass ich mich nicht richtig finde?"
Paul lachte. „Das sehe ich an den Blicken, die du Sabrina zuwirfst. So mager wie du ist sie wirklich nicht, vor allem nicht an gewissen Stellen." Er hielt sich rechts und links einen Zahnputzbecher vor die Brust.
Ich bekam fast einen Schluckauf vor Lachen. „Okay, aber was soll ich denn machen? Ich kann unmöglich noch mehr essen, als ich eh schon tue, sonst kriege ich frühzeitigen Zahnverschleiß und eine ausgefranste Zunge."
Paul zog sein Oberteil aus, nahm mir die ausgepackte Seife ab und wusch sich. „Ich weiß, was du machen musst. Soll ich's dir sagen?"
„Warum hast du das nicht längst getan? Was ist das Geheimnis? Eine Überdosis Gummibärchen? In Sahne baden und anschließend die Wanne leer trinken?"
„Reich mir mal das Handtuch."

Ich holte eins der superflauschigen Handtücher vom Haken bei der Tür. „Jetzt sag schon!“

„Letztes Jahr war ich mal irre neidisch auf einen Typen in der Paraklasse, der so supergut aussah, dass die Mädchen ihm scharenweise nachliefen, darunter auch einige, die mir gefielen und für die ich einfach Luft war. Ich dachte, wenn ich so aussehen würde wie er, dann würden sie mich endlich zur Kenntnis nehmen. Ich habe mir ausgemalt, wie es wäre, so einen tollen Körper zu haben.“ Er kramte seine Zahnbürste aus der Kosmetiktasche.

„Und?“

„Versuch's doch mal selbst, dann wirst du's schon merken. Stell dir vor, du wärst Sabrina, und zwar in allen Einzelheiten.“

Ich lehnte mich mit der Hüfte gegen das Waschbecken, schloss die Augen und stellte mir vor, so auszusehen wie Sabrina. Ich hatte volle Brüste, einen knackigen Po und lange, seidige Haare, die beim Gehen verführerisch hin und her schwangen. Sabrina hatte einen ganz anderen Gang als ich, darum geriet ich bei der Vorstellung etwas aus dem Gleichgewicht. Also machte ich beim Gesicht weiter. Ich hatte einen sinnlichen Schmollmund, Kulleraugen und viel zu dünn gezupfte Augenbrauen. Nein, keine schöne Vorstellung. Plötzlich gefiel mir das überhaupt nicht mehr. Auch die Fantasie, dass jetzt alle Jungs mich anstarrten wie das achte Weltwunder, war nicht annähernd so prickelnd, wie ich erwartet hatte. Ich fühlte mich regelrecht belästigt und hatte das Bedürfnis, meine Arme vor den Brüsten zu verschränken.

Tatsche war: Wenn ich so aussehen würde wie Sabrina, würde ich weite, unvorteilhafte Klamotten tragen, die Haare zu einem Pferdeschwanz binden und überhaupt versuchen, so unauffällig wie möglich zu wirken.
„Fertig?“, fragte Paul.
Ich nickte.
„So, dann sieh jetzt mal in den Spiegel.“
Ich drehte mich um, klappte die Augen auf und schaute in mein Gesicht, das mir so wunderbar vertraut war.
„He, weißt du was? Ich mag mein gutes, altes Emma-Gesicht. Ich will überhaupt nicht wie Sabrina aussehen, oder wie sonst wer.“
„Siehste. Wenn man die Vorstellung, anders zu sein, konsequent zu Ende denkt, ist man plötzlich ganz zufrieden mit sich. Das ist mein Geheimnis.“
„Danke. Ich fühle mich schon viel besser. Obwohl meine Haare gern etwas voller sein dürften.“
Paul reichte mir seine Haarbürste. „Es würde schon viel bringen, wenn du sie hin und wieder kämmtest.“

FENNY WHISTLES throught her fingers

early riser Frühaufsteher
disadvantage Nachteil
thankless undankbar
task Aufgabe

Being an **early riser** has one **disadvantage**, Fenny thought: you have the **thankless task** of waking up everybody else. The problem was, nobody said she was a good girl for doing it. No way. Instead they threw things at her and called her a **pain in the neck.**

Fenny waited until the sky **began** to turn a warm **shade** of blue, then she walked over to the **ground floor** bedroom. She gave three loud knocks on the door. "Carsten! Gitte! Time to get up!"

There were **moans** and **curses** from inside. She knocked again. "It's a beautiful day."

"That girl is crazy," she heard Gitte say. Good, this meant she was waking up.

Fenny went back to the living room, opened the French windows and walked over the lawn. The grass **tickled** the **soles** of her **bare** feet. The morning air was rich with **scents** and promise.

Her parents were staying in the little house by the pool. Knocking and calling **wouldn't do** for them. Over the years Jack and Beverly had **developed amazing** skill at **pretending** they **were fast asleep**. **Drastic measures were called for.** Fenny picked up a towel that was lying by the pool and held it in the water until it was wet. She swung open the door and without a word of **warning** threw the towel over her parents' heads.

They **struggled** and screamed and finally managed to throw off the towel.

pain in the neck Nervensäge
to begin (began, begun) anfangen
shade Farbton; Schatten
ground floor Erdgeschoss
moan Ächzen
curse Fluch
to tickle kitzeln
sole Sohle
bare nackt
scent Duft
to not do *hier:* nicht genügen
to develop entwickeln
amazing erstaunlich
to pretend vorgeben
to be fast asleep tief schlafen
Drastic measures were called for. Es bedurfte drastischer Maßnahmen.
warning Warnung
to struggle kämpfen, ringen

"Oh, Fenny." Beverly **dried** her face with the **sleeve** of her **nightdress**. "We're on holiday, **for God's sake**."

"Right," Fenny agreed. "What a **waste of time**, sleeping when we have a whole island to explore."

"Out! Or I'll throw you into the pool," her dad **threatened**. "Or **rather**, I'll ask Paul to do it. He already has some practice."

"Okay, I'll tell him," Fenny said **cheerfully** and left.

Back in the house, she went upstairs. The boys' bedrooms were on the left, the girls' bedrooms on the right. Fenny saw an open door at the end of the hall on the left and went to **peep** in. Steve was sitting on his bed, rubbing his eyes and **yawning**. Paul's bed was empty. This was a great chance to talk to Steve alone. Fenny had never asked him if he had a girlfriend. It's not the kind of thing you usually ask your cousin. But now she had to find out – for Emma. She sat down next to Steve. "Hi."

"Hi, Fen."

"Morning, Steve. Guess what? I miss Ken a lot. I hope he's okay."

"He is. I called Mum yesterday. She said she's already done two **pastels** of him and she's starting an **oil** painting today."

"How about you? Do you miss anyone?"

"Sure."

Fenny's heart sank.

"I miss my lucky pan."

to dry trocknen
sleeve Ärmel
nightdress Nachthemd
for God's sake um Gottes Willen
waste of time Zeitverschwendung
to threaten drohen
rather lieber
cheerfully munter
to peep (verstohlen) gucken
to yawn gähnen
pastel Pastell
oil Öl(farbe)

A boy who misses his pan! Emma's definition of a dream lover, Fenny thought with satisfaction. She smiled and **patted** his shoulder. "I'm sure your lucky pan will be waiting for you, with the pots and whisks. And if your mum decides to draw a **still life**, she'll have plenty of subjects." In the hall she ran into Paul, who smelled of soap and toothpaste. She made a mental note to **drop** Anthony **a hint** that this was all a boy was supposed to smell of.

"Morning," Paul said.

"My dad says hi and would you please throw me into the pool."

"Right now?"

"Whenever you have time."

Paul grinned. "**My pleasure.**"

So that was **taken care of**, too.

Fenny opened the door to the room where her brothers slept and whistled through her fingers. Three heads looked up, three pairs of eyes looked at her **reproachfully**, three pillows were thrown at her. She kicked the pillows into the middle of the room and closed the door. Same **procedure** as every morning. Not quite, though. Her alarm had raised some other heads, too. Sabrina and her mother came out of their bedroom, looking confused.

"What was that?" Sabrina asked. "A fire alarm?"

"No, that was just me." Fenny whistled again.

Sabrina covered her ears.

"That girl is crazy," was Sonja's comment.

to pat tätscheln
still life Stillleben
to drop a hint eine Andeutung machen
My pleasure. Ist mir ein Vergnügen.
to take care of *hier:* erledigen
reproachfully vorwurfsvoll
procedure Verfahren

Exactly what Emma's mum had said. What was it with grown-ups? Didn't they have any energy?
Steve joined them in the hall. Fenny was startled to see that he was **staring open-mouthed** at Sabrina. She certainly looked very sexy with her long glossy hair and her **figure-hugging** nightdress, you had to give her that. Suddenly Emma appeared **beside** Sabrina, toothbrush in one hand and **foam dripping** from her mouth. The contrast couldn't have been **starker**.
Fenny **winked furiously** at Emma. But Emma didn't get the hint. She waved her toothbrush cheerfully and said, "Good morning, everybody," spitting foam as she did so.
Steve's eyes **darted** between Sabrina and Emma. Fenny would have given a week's ration of dog food to read his mind.

to stare starren
open-mouthed mit offenem Mund
figure-hugging eng anliegend
beside neben
foam Schaum
to drip tropfen
stark krass
to wink zwinkern
furiously wütend; *hier:* wild
to dart huschen

WIESO ist dir das NIE EINGEFALLEN, EMMA?

Als ich nach unten kam, waren die drei Mütter schon dabei, den Frühstückstisch zu decken. Papi hatte Brötchen, Eier und Marmelade besorgt. Das hatte ich eigentlich mit Steve zusammen machen wollen. So wurde wohl nichts aus unserem gemütlichen Morgen-

spaziergang. Aber wenigstens konnte ich Steve helfen, Rühreier zu braten.
Steve war fröhlich vor sich hin summend dabei, die Marmelade dekorativ in Glasschälchen zu verteilen. „I love it here. We should do this every year. It's great to have so many mouths to feed. When I'm grown-up I want a big family with lots of children."
„And lots of cats", ergänzte Fenny, die triefend nass zur Küche hereinsah.
„Did you fall into the pool?", fragte ich.
„Paul threw me in."
Du liebe Zeit, womit hatte sie ihn denn jetzt schon wieder geärgert? Bevor ich das fragen konnte, wollte Steve aber wissen: „Why lots of cats?"
„Emma can't live without cats", meinte Fenny frohgemut und ging sich abtrocknen.
Steve warf mir einen unergründlichen Blick zu.
Ich zuckte die Schultern. „I don't know why she said that."
Sie schien wohl zu denken, dass Steve seine Großfamilie mal mit mir zusammen gründen würde. Jetzt dämmerte mir, warum Fenny dachte, sie müsse Sabrina mit Anthony verkuppeln. Sie wollte, dass sie Steve und mir nicht dazwischenfunkte. Wie peinlich! So peinlich war nicht mal Mami gewesen, als sie mir neulich in die Schule nachfuhr und mir feierlich meine vier Pausenbrote überreichte, die ich zu Hause vergessen hatte. Sie hatte mich zwar vor dem Verhungern gerettet, aber vor der ganzen Klasse blamiert.
Steve stellte ganz langsam das Marmeladenglas ab, drehte sich zu mir und schien etwas sagen zu wollen,

da platzte Sabrina in die Küche. Ausnahmsweise war ich ihr dankbar, weil ich das Thema, das Fenny begonnen hatte, auf keinen Fall vertiefen wollte.
„Emma's following you around like a puppy", meinte sie zu Steve. „She must really be **getting on your nerves**. Of course she only does it because she's got an **eating disorder**. She just can't stay away from food."
Schlagartig war es vorbei mit der Dankbarkeit. Ich kochte innerlich. „I don't have an eating disorder. I have a **healthy** appetite."
„Obviously", sagte sie spitz und sah auf meine Hände. Ich folgte ihrem Blick und stellte fest, dass mein Zeigefinger in einem ausgelöffelten Marmeladenglas steckte. Ich war mir dessen gar nicht bewusst gewesen. Es ist ein Reflex von mir, Reste aus allen möglichen Gläsern rauszuholen und dann genüsslich abzuschlecken.

to get on sb's nerves jdn. auf die Nerven gehen
eating disorder Essstörung
healthy gesund

Steve nahm ein weiteres Marmeladenglas, löffelte den Inhalt in ein Schälchen und reichte das Glas Sabrina. „Would you like some, too?"
Damit hatte er die Situation entschärft. Sabrina schaute auf das Glas mit seinem klebrigen Inhalt, dann auf ihre sorgfältig manikürten Finger. „No, thanks." Sie rauschte aus der Küche.
„I really *don't* have an eating disorder", betonte ich noch einmal und unterdrückte den Impuls, das Marmeladenglas, das Sabrina verschmäht hatte, auszuschlecken.
„I know", sagte Steve, während er zwei Pfannen auf den Herd stellte und in jede einen Stich Butter gab.

„You have a black hole somewhere inside you. Very practical."
Ich schlug die Eier auf. Wir waren ein eingespieltes Team, auch wenn ich weit davon entfernt war, so professionell zu arbeiten wie er. Besonders bewunderte ich immer seinen Umgang mit Gewürzen. Ich kann Dinge nur zuckern, salzen oder pfeffern. Sobald Paprika dazu muss, werde ich schon unsicher. Wie viel davon? Scharf oder edelsüß? Verträgt sich das mit Majoran? Warum schmeckt Bohnenkraut seifig, wenn es mitgart? Was ist der geschmackliche Unterschied zwischen frischem und getrocknetem Thymian? Kochen ist die reinste Zauberei.
Steve verfeinerte die Rühreimasse mit Cayennepfeffer und frischem Basilikum. Das Salzen überließ er mir, da konnte ich nicht viel falsch machen. „You and Sabrina don't like each other at all", stellte er fest.

to loathe nicht ausstehen können
along *hier:* mit-

„That's true. Our mothers wanted us to play together when we were kids, but we **loathed** each other right from the start. We were always fighting."
„So why did you bring her **along** on this holiday?"
„My mum and her mum are best friends. They've known each other since school. They were even in love with the same man for a while – my dad."
Steve lachte. „And they stayed friends even after your mum got him?"
„Sonja had already fallen in love with someone else by then."
Steve rührte beidhändig in den Pfannen mit den Eiern. „Have you ever been in love?"

„Yes, but it didn't last long. As soon as we were going out he stopped talking to me. All he wanted to do was hold hands and kiss and look into my eyes. After a while I even forgot what his voice sounded like." Ich reichte Steve die vorgewärmten Schüsseln für das fertige Rührei.

„You **were better off** with him than I was with my ex-girlfriend. She used to talk **non-stop**."

So so, dachte ich, er hatte also auch schon mal eine Freundin. Ich war fast ein klein wenig eifersüchtig. Aber nur fast, und wirklich nur ein ganz klitzekleines bisschen. Schließlich war es inzwischen vorbei, und wer weiß, ob sie seine Kochkunst auch nur annähernd so zu schätzen gewusst hatte, wie ich.

Beim Frühstück berieten wir dann alle, was wir in den nächsten Tagen unternehmen wollten. Da wir drei Autos hatten, konnten wir uns immer wieder in neuen Gruppen zusammenfinden und verschiedene Ausflüge machen. Die Liste war lang, denn wir wollten die ganze Insel sehen.

Der Einzige, der sich nicht an der Unterhaltung beteiligte, war Fennys zwölfjähriger Bruder Derek. Er las in einem Buch, während er ohne hinzusehen Rührei auf die Gabel nahm und sich in den Mund schob. So war er schon gestern gewesen – völlig mit sich und seinem Buch beschäftigt. Wusste er überhaupt, wo wir waren? Ich würde ihn bei Gelegenheit fragen.

to be better off besser dran sein
non-stop ununterbrochen

Heute war erst mal Strandtag, wie wir einstimmig beschlossen. Die nächstgelegenen Strände in Los Chris-

tianos und Las Americas waren mit Touristenburgen zugebaut, da zog es uns nicht hin.
Aber Fennys Vater hatte einen Geheimtipp. „The *Playa del Duque* is supposed to be a lovely beach."
Also verteilten wir uns auf die drei Autos und fuhren los.
Als wir am Strand ankamen, wussten wir, dass sein Geheimtipp goldrichtig war. Die *Playa del Duque* gehörte zu einer Hotelanlage, die aussah wie ein Stück Disneyland, bunt, verwinkelt und märchenhaft.
An der Strandpromenade wuchsen Palmen. Restaurants gab es hier auch genug, falls der Proviant, den Steve zubereitet hatte, nicht reichen sollte.
Wir mieteten mehrere nebeneinanderstehende Sonnenliegen und breiteten drum herum noch ein paar Strandtücher aus. Ich hockte mich im Schneidersitz unter einen der Bambus-Sonnenschirme, die hier sauber aufgereiht standen, und sah hinaus auf die Wellen, die mit Wucht vom Meer hereinrollten. Es roch nach Freiheit und Wärme, und von irgendwoher lecker nach gebratenem Fisch. So stellte ich mir Urlaub vor. Es fehlte nichts, es war höchstens etwas zu viel – nämlich Sabrina, die auf ihrer Sonnenliege posierte, als würde ein Fotograf sie von allen Seiten ablichten. Ich erinnerte mich wieder daran, wie unausgeglichen ich mich gefühlt hatte, als ich mir vorstellte, ich wäre sie. Sabrina schien mit sich und ihrer Welt völlig zufrieden zu sein. Wahrscheinlich würde sie bei der Vorstellung, so zu sein wie ich, einen Schreikrampf kriegen, den man noch bis zur Nachbarinsel La Gomera hören könnte.
Paul, Ron und Mr Friendly gingen eine Sandburg bauen.

Fenny und ich rieben uns gegenseitig mit Sonnenmilch ein. „Wouldn't you prefer Steve to rub the suntan lotion onto your back?", fragte Fenny.
„No, why? You're doing an excellent job. If Steve rubbed sun cream on my back I'd feel like a steak being **soaked** in marinade."
„Can't you ever think of anything that's not got something to do with food?"
„I was just **kidding**." Seit wann verstand Fenny meine blöden Witze nicht mehr? Aus den Augenwinkeln sah ich Derek, der im Schneidersitz auf einem Strandlaken hockte und las. „I feel sorry for him", dachte ich laut.

to soak durchtränken
to be kidding Spaß machen
to get sth out of sth etwas davon haben
happiness Glück

„For Steve?"
„No, for Derek. He's always reading."
Fenny schraubte die Sonnenmilchflasche zu. „He loves books."
„Why?"
„What a stupid question. Because of the adventures he can go on."
Ich stützte mich auf die Ellenbogen und sah Derek eine Weile beim Lesen zu. Er war völlig vertieft. Sah er denn nicht, wie wunderbar es hier war? Wie kann ein Junge ein Buch lesen, wenn er genauso gut Muscheln suchen und in den Wellen herumspringen könnte?
„What about real-life adventures?", meinte ich. „Derek isn't **getting anything out of** this holiday. He's a very unhappy boy, if you ask me."
Fenny zuckte nur die Schultern. **„Happiness** is a question of taste. Steve is happy when he's cooking. You're

happy when you're eating. I'm happy when I'm feeding animals. Derek is happy when he's reading."
„But I don't eat all the time. I have other **joys** in life. Derek always has his nose in a book."
„He's an **introvert**."
Das überzeugte mich nicht. „Does he **come across** as introverted because he loves to read, or is it **the other way round**? Is he hiding behind books because he's too shy to socialize? Does he have any friends?"
Fenny zupfte an dem silbernen Delfin herum, den sie im rechten Ohr trug. „Now that you mention it, I have to admit he hasn't got any close friends. He's always on his own."
Nicht mehr lange, dachte ich und ging zu ihm rüber. „Hi, Derek. **May I** sit on your blanket?"
Derek nickte, ohne aufzusehen.
„What are you reading?"
„*Robinson Crusoe*."
„That's about a guy who gets **stranded** on a **desert island**, right? Isn't that awfully boring?"
„Not at all", sagte Derek mit der Nase noch immer im Buch. „It's a brilliant adventure."
„Would you like to be stranded on an island?"
„Oh, sure."
„Do you know where we are right now?"
Endlich sah er auf und blinzelte wie jemand, der gerade aufwacht. „We're on holiday."
„In which country?"
„Uh, Italy?"

joy Freude
introvert introvertierter Mensch
to come across rüberkommen
the other way round andersrum
May I ...? Darf ich ... ?
stranded gestrandet
desert island einsame Insel

„No, Spain."

Derek fuhr nervös mit dem Zeigefinger über die aufgeschlagene Buchseite. „Ah, yes, of course. Spain. That's what I **meant to** say."

Gnadenlos bohrte ich weiter. „Which part of Spain?"

„One of the islands."

„Which one?"

Dereks Antwort bestand aus einem verwirrten Blick. Ich konnte richtig sehen, wie er sich danach sehnte, mich endlich los zu werden, damit er weiterlesen konnte.

to mean to do sth
etwas tun wollen

in order to
um ... zu

to take shelter
Schutz suchen

to avoid
vermeiden

„I'll give you a hint. It's one of the Canary Islands."

Derek zuckte die Schultern. „Gran Canaria? That's the only one I know."

„No, we're on Tenerife. Have you ever heard of Tenerife?"

Er schüttelte den Kopf.

Ich lächelte ihn aufmunternd an und deutete auf sein Buch. „I bet Robinson knew everything about the island he was stranded on."

„Sure. **In order to** survive he needed to know where to find food, how to build a hut, how to **take shelter** from bad weather, how to **avoid** dangerous animals, and all that stuff."

„Don't you think it would be exciting to know everything about Tenerife?"

Derek klappte das Buch zu. Ich glaubte, etwas in seinen Augen aufblitzen zu sehen. „I could pretend I was Robinson stranded on Tenerife." Dann schlug er das Buch wieder auf. „Yes, I'm Robinson stranded on Tenerife with nothing but a book to read." Und schon las er weiter. Da musste ich wohl noch etwas Überzeugungsarbeit leisten.

Fenny hatte inzwischen ihre Mission „Paul needs a washboard stomach" wieder aufgenommen. Sie hockte neben meinem Bruder im Sand und textete ihn gnadenlos zu. Nun, Paul würde sich schon zu wehren wissen.

Ein Stück links von Paul und Fenny saßen Steve und Anthony, beide in Jeans und T-Shirt, an einen Felsen gelehnt und quatschten wie zwei Waschweiber. Unfassbar, Anthony konnte reden! Gab er sich nur Mädchen gegenüber so einsilbig? Genau wie bei Derek konnte man sich hier fragen, was Ursache und was Wirkung war. Redete Anthony mit Mädchen so knapp, weil er ein arroganter Schnösel war, oder wirkte er nur so aufgeblasen, weil er zu unsicher war, um mit Mädchen wie ein normaler Mensch zu reden? Auch die Duftwolken, in die er sich hüllte, konnten ein unbewusster Versuch sein, weibliche Wesen von sich fernzuhalten.

Ganz schön viel Analysiererei für mein Hirn an so einem sonnigen Tag, der eigentlich zum Faulenzen geschaffen war. Ich wollte mich gerade wieder hinlegen, da sah ich, dass Steve vom Felsen aufstand. Er stieg aus der Jeans und zog sich das T-Shirt über den Kopf. Mir wurde schwindelig. Ich nahm die Sonnenbrille ab und sah noch mal ganz genau hin. Ich hatte Steve als eher klapprigen Kerl in Erinnerung. Letztes Jahr jedenfalls war er noch ein richtiger Hänfling gewesen, mit dürren Armen und Hühnerbrust. Und jetzt: Muskeln. Richtige, echte Muskeln. Wo hatte er die so plötzlich her?

„Steve has grown muscles", bemerkte ich zu Fennys Mutter, die auf der Liege neben meiner lag.
„He joined a **rowing team** at the end of last summer", erfuhr ich von ihr.
Vom Rudern kriegt man solide Muskeln, ganz klar. Mein Herz klopfte wie verrückt. Jetzt machte Steve einen Schritt aufs Meer zu, beugte sich vor, tauchte die Arme in eine heranrauschende Welle, lief mit Riesenschritten ins Wasser und schwamm. Brrr. Im aprilkalten Atlantik. Ich beschränkte mich, was Wassersport anbetraf, lieber auf den beheizten Pool bei unserer Villa.

rowing team
Rudermannschaft

Anthony war es wohl auch zu kalt, denn er folgte Steve nicht, sondern ging zu Ron und fragte: „Shall we go and buy an ice-cream?"
Ron ließ Paul mit Fenny und der halbfertigen Sandburg allein und ging mit Anthony einen Eisstand suchen. Fenny erhob sich, klopfte sich den Sand vom Po und fing an, auf der Stelle zu trippeln wie ein unruhiges Rennpferd. Anscheinend wollte sie Paul in Schwung bringen. Er stand seufzend auf.
Fenny machte eine auffordernde Handbewegung und spurtete los.
Paul sah ihr kurz nach, dann zuckte er die Schultern und kam zu mir. „Sie denkt, ich mache mit ihr ein Wettrennen." Er grinste. „Das gewinnt sie locker."
Fenny hatte inzwischen gemerkt, dass Paul ihr nicht nachlief. Sie blieb kurz stehen, blickte sich suchend um und entdeckte ihn bei mir. Wutschnaubend kam sie angerannt und ließ sich neben ihm auf die Decke fallen. „Hey, that's not fair. You were supposed to catch me."

„I know, but I thought it was too dangerous“, sagte Paul. „Are you afraid you'll trip over?“

„No, it's because of the **worms**.“ Er hatte mal wieder diesen unschuldigen Blick. Ich stützte mich auf die Ellenbogen und erwartete gespannt die Lügengeschichte, die er Fenny auftischen würde.

Fenny runzelte die Stirn. „What worms?“

„The yellow-**striped** sand-worms, of course“, sagte Paul.

„Huh?“

„The seventh most **poisonous species**“, fuhr Paul fort und mixte geschickt Fakten mit Flunkerei, indem er Fenny weismachte, dass gelb gestreifte Sandwürmer nur in gut durchfeuchtetem Muschelkalksand lebten. Dass die *Playa del Duque* aus Muschelkalksand war, hatte Sabrina uns auf der Herfahrt aus ihrem Reiseführer vorgelesen. Die meisten Strände auf Teneriffa waren aus schwarzem Vulkansand, darum war dieser etwas hellere, aber recht grobe Sand etwas Besonderes.

„Usually, the worms don't come to the **surface**“, spann Paul munter weiter. „But if you run on the sand, the vibrations **confuse** their **sense of orientation** and they wriggle their way up to the top. If you **step on** one, the fine, **poison-filled veins** on its back **burst** open. If you have a thick **layer** of skin on your feet, then your chances of surviving are good. Otherwise ...“

worm Wurm
striped gestreift
poisonous giftig
species Spezies
surface Oberfläche
to confuse verwirren
sense of orientation Orientierungssinn
to step on sth auf etwas treten
poison-filled voller Gift
vein Vene
to burst platzen
layer Schicht

Fenny sah sich um. „If these worms are so dangerous, shouldn't there be warning signs everywhere?"
„Theoretically, yes, but they don't want to scare away the tourists. It's better to wear sandals on this beach and not to run unless you absolutcly have to."
„Very strange." Fenny sah nicht so aus, als würde sie ihm glauben. Mit Tieren kannte sie sich schließlich bestens aus.
„There are much stranger creatures than these", führte Paul aus. Wenn er erst mal so richtig in Fahrt war, gab es kein Halten mehr. „For example the Indonesian bungee spider."
„Never heard of it."
Die Bungeespinne webe einen Faden, der so elastisch sei wie Gummi, ließ Paul sie wissen. Damit könne sie sich ganz schnell auf ihre Beute stürzen und wieder hochschnellen, bevor sie selbst Opfer eines Fressfeindes werde. Wie beim Bungeejumping.
Fenny sah mich fragend an. Ich unterdrückte ein Grinsen und meinte: „It's true. Their **webs** are like trampolines."
Paul, der wusste, wie schnell ich zu kichern anfing, was seine ganze Show ruinieren würde, lenkte Fenny von mir ab, indem er ihr von der Tasmanischen Beutelspringschnecke erzählte. „The marsupial jumping snail was discovered only two years ago in Tasmania by a biologist from the Netherlands, Lars Van Dyck. The jumping snail has a muscle underneath that catapults it into the air. It carries its eggs in a **pouch**, like a kangaroo."

web Netz
pouch Beutel

Fenny atmete tief durch. „How very **intriguing**", sagte sie. „We have some fascinating creatures in London Zoo, too. Have you ever seen a zebra with **inverted stripes**?"

„Inverted stripes?", gab Paul zurück.

„Instead of black stripes on white ground they have white stripes on black ground", erklärte Fenny.

„But that doesn't make any difference."

„For biologists, it's a **crucial** difference."

intriguing faszinierend
inverted umgekehrt
stripe Streifen
crucial kritisch, entscheidend

Ich kapierte schneller als Paul, dass Fenny sein Spiel durchschaut hatte. Nun zahlte sie es ihm mit gleicher Münze zurück.

Dann fing Fenny an, breit zu grinsen, woraufhin bei Paul auch der Groschen fiel. „Oh, you – I'm going to throw you ... uh."

„No pool round here", meinte Fenny.

„In that case I'll throw you into the sea."

Fenny stob lachend davon, Paul hinterher.

„Don't step on any poisonous worms", rief ich ihnen nach. Na also, jetzt hatte Fenny meinen Bruder doch noch zum Rennen gebracht.

Ich wollte mich wieder wohlig zurücklegen, als mir einfiel, dass Steve noch im Wasser war. Hoffentlich war er nicht von einer Strömung erfasst worden. Ich stand auf und beschattete die Augen. Da sah ich ihn. Mit schnellen Kraulbewegungen näherte er sich dem Ufer. Mein Steve. Hach! Warum lief ich nicht mit einem Handtuch hin, um ihn gebührend in Empfang zu nehmen? Warum stand ich stocksteif da und traute mich kaum zu atmen?

Schließlich kam er an Land und schüttelte sich. Er sah göttlich aus. Das Wasser glitzerte auf seinen muskulösen Armen. Sabrina, die sich bis jetzt dankenswerterweise schweigend gesonnt hatte, bemerkte wohl meinen starren Blick. Sie setzte sich auf, schob ihre Sonnenbrille hoch und pfiff leise durch die Zähne. „Sieh mal an, der ist ja gar nicht so spillerig, wie er auf den ersten Blick wirkt."

Steve hob seine Sachen auf, die noch neben dem Felsen lagen, und kam langsam zu uns rüber. Jetzt hätte ich Fennys Hilfe gebraucht. Irgendein Ablenkungsmanöver, damit Sabrina ihre Finger von meinem Steve ließ. Hatte ich gerade zum zweiten Mal „mein Steve" gedacht? Also, das ging dann doch zu weit. So lange er für mich kochte, war doch alles in Ordnung. Wozu die ganze Aufregung?

Sabrina wartete, bis Steve sich abgetrocknet hatte, dann warf sie schwungvoll ihre Haare nach hinten und fragte: „Steve, I've got a big **favour** to ask. Could you give me cooking lessons?"

favour Gefallen

Steve strahlte Sabrina an, als hätte er nur darauf gewartet, eine gelehrige Schülerin zu bekommen. „With pleasure." Er zog sich an und setzte sich an den Rand ihrer Sonnenliege. „Let me tell you what I'm planning for dinner tonight."

Bungeespinnen hätten mich angreifen und Beutelspringschnecken mich umzingeln können, ich hätte es nicht einmal gemerkt, so perplex war ich. Wieso war mir das nicht eingefallen? Es war doch so nahe liegend. Immer hatte ich nur gierig danebengestanden, wenn Steve kochte, alles probiert und hin und wieder kleine Handlangerdienste für ihn gemacht. Aber ich war nie auf die Idee gekommen, von ihm etwas lernen zu wollen. Das hatte ich jetzt davon. Jetzt hatte Sabrina ihn sich geschnappt, mit allem Drum und Dran. Trotzig biss ich in ein Sandwich und sah mich um, ob irgendwelche gut aussehenden Spanier am Strand auftauchten, mit denen ich Sabrina ablenken konnte, aber es kamen nur zwei Hooligans vorbei, die „Liverpool FC" auf die Brust tätowiert hatten.

FENNY makes a SACRIFICE

The **chase** along the beach ended with Paul catching Fenny and carrying her into the waves.

"Don't drop me", she screamed, kicking her feet in the air.

Instead he let himself drop down and they both went under. The water was a lot colder than in the pool. Paul took her hand and helped her to the **shore** where they fell onto the sand side by side.

"See," Fenny said, still **gulping for air**, "that's how much fun it is getting fit."

Paul's mood changed immediately. He looked at her **sternly**. "There's no need to **rub it in** all the time." He **scrambled to his feet** and walked away.

to make a sacrifice ein Opfer bringen
chase Jagd
shore Strand
to gulp for air nach Luft schnappen
sternly streng
to rub sth in jdm. etwas unter die Nase reiben
to scramble to one's feet sich aufrappeln

Maybe she should have listened to Mr Friendly when he said that it was a mistake to try and control other people.

Okay, she'd try not to control them, **for a change**. Yes. For the rest of the day, she'd stay completely out of other people's lives. She would go back to Emma and she'd avoid talking about anything to do with Steve. Brilliant. Mr Friendly was going to be **proud** of her.

for a change zur Abwechslung
proud stolz
to dry (oneself) (sich) abtrocknen
male männlich
to gather versammeln

"Tell me about Steve's rowing team", was the first thing Emma said when Fenny walked up to her blanket.

"No way," Fenny said, **drying** herself with her towel.

"Why not?"

"Because I made a promise."

"Huh? You promised Steve not to tell me about his rowing team?"

"No, I made a promise to myself not to talk to you about Steve until midnight."

"You're crazy." Emma got up. "I need a nerve-soothing ice-cream."

Fenny watched her walk away and shook her head. What was going to happen next? Would Paul ask her for a diet plan? She decided to forget about it all and went to play with Ron.

At the end of a lovely day, she and Emma were sitting on deckchairs in the garden of their villa. All the **male** family members had **gathered** around the barbecue to watch over the sausages and steaks. Steve was in the kitchen preparing side dishes – with Sabrina.

"I'm stupid, stupid, stupid," Emma **ranted**. "I'm so –"
"Let me guess," Fenny interrupted her. "Stupid?"
"How did you know?"
"Telepathy."
Emma grinned **reluctantly**. "Why didn't I ask Steve first?"
"Why didn't you ask him what?"
"To teach me how to cook. That's what Sabrina did. She's **worming her way into** his life and **kicking me out in the process**."
Fenny couldn't help saying, "You should have listened to me. I saw it coming."
Emma rolled her eyes and **grumbled**, "Thanks for making me feel a whole lot better."
"Feeling sorry for yourself won't help." Fenny took a practical view of things in life. "Anthony?" she called in the general **direction** of the barbecue.
Anthony turned around, **squinted** at her, then pointed at his chest. "Me?"
"Do you know anyone else by that name here? Come over here."
"Must I?"
"Absolutely. It's an emergency."
"Is it?" He **trotted** across the lawn.
"Anthony, do you think Sabrina is sexy?" Fenny asked him **straight out**.
"Do I?"
"We don't have time for your silly games now. Like I said, this is an emergency. Talk to me like a man. Do you think Sabrina –"

to rant eine Tirade loslassen
reluctantly widerwillig
to worm one's way into sth sich in etwas einschleichen
to kick sb out jdn. rauswerfen
in the process dabei
to grumble murren
direction Richtung
to squint schielen
to trot traben
straight out direkt

Anthony held up a hand. "I heard the question the first time. Just **lower** your voice, will you? Why do you want to know?"

Fenny put on her "We have ways to make you talk" face. „Answer the question."

"Yes, she's sexy as hell. But don't tell her I said that."

"Of course not. Would you like to go out with her?"

Anthony **smelled a rat**. "What's all this about?"

Fenny **leaned forward** and whispered: "Steve is making a big mistake. Deep in his heart he knows he and Emma are made for each other, but he's **falling for** Sabrina. We have to do something about it."

"Do we?" Anthony fell back into his **habitual speech pattern**. "Sorry, just a **slip**. So you want me to **lure** Sabrina away from Steve? Is that your **wicked** plan?"

"Right."

Anthony put on an important face. "This is quite a sacrifice."

"Rubbish, you're going to have a lot of fun while doing a good **deed** at the same time."

"**Still**, I'm doing it for you and Emma, not for myself."

Fenny sighed. "So you want to know **what's in it for you**, right?"

"I know what's in it for me." He crossed his arms and put his head on one side. "You'll promise not to whistle in the mornings any more."

lower *hier:* senken
to smell a rat Lunte riechen
to lean forward sich nach vorne beugen
to fall for sb sich in jdn. verknallen
habitual üblich
speech pattern Sprachmuster
slip Ausrutscher
to lure locken
wicked böse
deed Tat
still *hier:* trotzdem
what's in it for you was für dich dabei rauskommt

“No more whistling in the morning?” Fenny was shocked. “But it’s a family tradition.”

“No, it’s a terrible habit of yours. If you stop doing it I’ll see what I can do about Sabrina.”

“All right,” Fenny said slowly. “All right, then. I won’t wake you up by whistling through my fingers for as long as we’re on holiday.” She’d think of some other way to wake her brothers, no problem.

“No, not just during the holiday. You’ll stop whistling for good. And,” he added **shrewdly**, “you won’t do anything else in the mornings either. I have an alarm clock, I don’t need your services. Deal?”

“Deal.” Who was making sacrifices here?

“You’re clever, clever, clever,” Emma said, as soon as Anthony was **out of earshot**. “You’re so –”

“Let me guess. Clever?”

shrewdly gescheit
out of earshot außer Hörweite

DIENSTAG

Achtung, Emma, die Erde bebt

Am nächsten Morgen schaffte ich es tatsächlich, noch vor Fenny aufzuwachen. Genau genommen hatte ich die ganze Nacht nicht besonders tief geschlafen, weil ich einen Sonnenbrand hatte. Trotz Lichtschutzfaktor 30 – ein ganzer Tag am Strand war für meine helle Haut doch etwas zu viel gewesen.
Joghurt soll ja gut tun, weil es die Haut kühlt. Also stand ich auf, und zwar nicht so trampelnd und lärmend wie Fenny das zu tun pflegte, sondern leise und auf Zehenspitzen und ging in die Küche, um nachzusehen, ob ich einen Joghurt fand. Wir hatten gestern auf dem Heimweg vom Strand Unmengen eingekauft, aber ich hatte nicht so recht mitgekriegt, was alles im Einkaufswagen gelandet war. Steve hatte das meiste mit Sabrina zusammen ausgesucht, weil er ihr Kochen beibringen wollte. Ich fühlte mich total betrogen. Die Vorstellung, dass sie ab jetzt für ihn Soßen umrühren und Zwiebeln hacken durfte, war fast zu viel für mich. Das war bisher mein Revier gewesen und nun wilderte Sabrina völlig schamlos darin.
Im Kühlschrank war zwar kein Naturjoghurt, aber Fruchtjoghurt half bestimmt auch.
Ich war gerade dabei, den Aludeckel abzuziehen, als eine schneidende Stimme hinter mir sagte: „Erwischt! Selbst mitten in der Nacht kannst du die Pfoten nicht vom Kühlschrank lassen.“

Ich fuhr herum und funkelte Sabrina wütend an. „Lass mich bloß in Ruhe."
„Ich meine es ja nur gut."
„Klar. Du machst dir ununterbrochen Sorgen um mich. Ich bin gerührt. Und wenn du's unbedingt wissen willst: Ich wollte nur den Sonnenbrand auf meinen Armen kühlen."
Sabrina nahm mir den Becher ab und sah sich die Abbildung darauf an. „Mit Kirschjoghurt? Also, entweder du bist total verblödet oder du leidest wirklich unter einer Essstörung."
„Das Einzige, worunter ich leide", gab ich pampig zurück, „ist deine Gegenwart." Ich sah auf die Uhr über der Küchentür. „Und was machst du überhaupt um fünf Uhr morgens hier unten?"
„Ich hatte Durst." Sie schenkte sich demonstrativ ein Glas Milch ein und trank es halb leer. Dann reichte sie es mir. „Hier, der Rest ist für dich. Reichlich Flüssigkeitszufuhr ist bei Sonnenbrand besonders wichtig."
Sabrina merkte wohl, dass ich vor Wut förmlich zischte, denn sie drehte sich mit elegantem Schwung um und rauschte aus der Küche, bevor ich ihr die Milch ins Gesicht schütten konnte.
Ich war so durcheinander, dass ich den Joghurt leer gelöffelt hatte, bevor ich es überhaupt merkte. Danach war mir etwas wohler. Ich entdeckte noch einen Pfirsichjoghurt und wollte ihn auf meinen Armen verteilen, fand dann aber doch, dass das eine ganz schöne Verschwendung war, und aß ihn lieber auf. Und die Milch trank ich auch noch hinterher. Vielleicht half es ja wirklich.

Joghurt scheint ein ausgezeichnetes Schlafmittel zu sein. Ich war kaum zurück in meinem Bett, da dämmerte ich schon weg und wachte erst auf, als die Welt zu wackeln anfing.

„Hilfe, ein Erdbeben!", kreischte ich. „Der Vulkan bricht aus!" Ich sah Fennys Gesicht über mir und schaltete auf Englisch um. „Quick, let's get out of here! There's an earthquake."

„What earthquake?" Fenny hörte auf, mich zu schütteln. Die Erde stand wieder still.

„Don't ever scare me like that again."

Sie grinste. „**Whatever it takes** to wake you up."

Na, herzlichen Dank. Jetzt wusste ich, warum Anthony bereit war, jedes Opfer zu bringen, um nicht mehr von Fenny geweckt zu werden.

Als ich zehn Minuten später am Frühstückstisch erschien, hatten sich alle bereits geeinigt, was sie heute unternehmen wollten.

Die drei Mütter und Sabrina fuhren nach Los Christianos zum Shoppen. Das war nicht mein Ding, schon gar nicht, wenn Sabrina dabei war und sich garantiert über mich lustig machen würde, wenn ich Sachen anprobierte. Dabei war ich lieber unbeobachtet.

whatever it takes
was auch immer nötig ist

Fennys Vater, Paul und Ron hatten sich den nur wenige Kilometer entfernten Greifvogelpark ausgesucht. Fenny, die man von Tieren grundsätzlich nicht fernhalten kann, ging mit. Wahrscheinlich spielte sie mit dem Gedanken, einen verwaisten Adler mitzubringen.

Papi und Steve wollten einen Ganztagesausflug auf den Teide machen. Das war genau das Richtige für mich.

Die perfekte Erholung für meinen Sonnenbrand, denn auf dem Teide lag Schnee. Schöner, kühler Schnee! Anthony war noch unschlüssig, ob er lieber zum Teide oder zum Greifvogelpark mitgehen sollte.
Fenny meinte: „Why don't you join the ladies on their **shopping spree**?“ Sie steckte die Spitzen von Zeige- und Mittelfinger in den Mund und deutete ein Pfeifen an.

> **(to go on a) shopping spree** wie verrückt einkaufen
> ***The Hitchhiker's Guide to the Galaxy*** *Per Anhalter durch die Galaxis*
> **to leave behind** zurücklassen

Er machte ein ziemlich gequältes Gesicht, sagte aber tapfer: „Yes, why not?“
Blieb noch Derek. Er las gerade ***The Hitchhiker's Guide to the Galaxy***.
„Derek, would you like to explore a new planet?“, fragte ich ihn. Die wie eine Mondlandschaft wirkende Gegend um den Vulkankrater könnte ihm gefallen.
Er sah kurz hoch. „Yes, sure.“
„Derek's coming with us“, entschied ich.
Wir packten warme Sachen in den Jeep, denn auf dem Teide war es kalt. Papi steuerte das Bergmassiv an. Steve saß neben ihm, studierte eine Straßenkarte und gab Papi hin und wieder Anweisungen, wo wir abbiegen mussten. Es ging nur langsam voran, denn zahlreiche Reisebusse verstopften die Straßen. Umso besser konnten wir die Aussicht genießen. Auf den engen Serpentinen wäre uns bei schnellerer Fahrt sowieso flau im Magen geworden.
Ich hockte hinten neben Derek, der schon wieder nach seinem Buch griff. Schnell lenkte ich ihn ab. „Amazing how the landscape changes. It looks as if we're **leaving** the civilized world **behind**, don't you think?“ Ich

zeigte ihm riesige, bizarre Kakteen, die er sofort zu außerirdischen Lebensformen erklärte. So langsam erwärmte er sich für mein Spiel. Tja, bei Fenny hatte ich mich geweigert, ihr albernes Agentenspiel mitzuspielen, und jetzt fing ich selber an, mir wieder Geschichten auszudenken. Aber ich dachte mir, im Urlaub kann man sich schon mal wieder eine kindliche Schwäche erlauben. Und es war ja für einen guten Zweck.
Wieder veränderte sich die Landschaft. Nach den kargen Serpentinen ging es durch Pinien- und Kiefernwälder. Von unten hatte man gar nicht ahnen können, wie grün es hier oben war. Dazu der strahlend blaue Himmel und die braunen Felsen. Eine Pracht. Wir hielten an einem Aussichtspunkt, wo man bis zur Nachbarinsel La Palma blicken konnte. Ich fühlte mich, als könnte ich fliegen. Papi schoss Fotos von der Aussicht und von uns vor und neben der Aussicht.
Als wir weiterfuhren, kamen die ersten Lavafelder in Sicht. Pechschwarz glänzten sie in der Sonne. „This is a very dangerous planet", meinte Derek. „It's even more dangerous than a desert island."
Ihn reizte also die Gefahr. Als wir das Zentralplateau erreichten, von dem sich der Gipfel des Teide erhob, sagte ich mit bedrohlichem Unterton: „The volcano is asleep, but it might wake up any moment."

to erupt
ausbrechen

Derek strahlte mich an. „Really? Wow. What happens when it **erupts**?"
So genau wusste ich das nicht. Ich lehnte mich vor und tippte Papi auf die Schulter. „What happens when the Teide erupts?"

„I suppose“, sagte er, „it starts with an earthquake.“
„I've already had one this morning“, murmelte ich.
„Then there's a terrible noise as if the mountain were in a very bad mood. And finally, the top of the mountain explodes and tons of ashes and rocks and lava come spitting out. And the lava runs down the side of the mountain and **buries** everything in its way.“
Jetzt wurde mir mulmig zumute. „How often does this happen?“
„Every two or three hundred years, more or less.“

to bury begraben
spaceport Raumfahrtzentrum

Die Umgebung wurde immer bizarrer. Scharfkantige Felsbrocken ragten aus erstarrten Magmaflüssen. Dazwischen leuchtete rotes und gelbes Gestein.
„We're almost there“, sagte Steve, der immer noch die Karte studierte, und deutete nach rechts, wo sich ein großer, verwinkelter Bau am Rande der Hochebene an die Felsen schmiegte. „That's the Parador, it's a hotel. And on the other side there's a big car park.“
Papi kurvte auf den völlig überfüllten Parkplatz und musste warten, bis jemand wegfuhr und ein Platz frei wurde.
„This must be a **spaceport**“, meinte Derek. „Look at all the aliens gathering here in their shuttles. I really like this planet. It's so beautiful and dangerous.“
Wir stiegen aus, streckten uns und zogen ein paar extra Schichten Kleidung über. Der Parkplatz zog sich der Länge nach bis mitten in ein Lavafeld, auf dem sich nadelförmige Felsen aneinanderreihten. Alle Geräusche klangen hier anders, irgendwie ein bisschen unwirklich. Es war tatsächlich wie auf einem anderen Pla-

neten. Ich sah hoch und war überrascht, einen ganz normalen Himmel zu sehen.
Von hier aus konnte man in einem abgesperrten Bereich, in dem unregelmäßige Stufen in den Fels gehauen waren, ein Stück den Berg hochklettern. Ich war total perplex, als Steve sofort darauf zusteuerte. Ich hatte ihn bisher als nicht besonders geländegängig kennengelernt. Einmal hatten Fenny und ich ihn schieben müssen, als wir zusammen zur Burgruine Hohenbeilstein gewandert waren. Jetzt half er mir sogar ein paar steile Stufen hinauf. Vom Rudern hatte er nicht nur Muskeln bekommen, sondern auch eine gute Kondition.

master of the universe Herr des Universums

Als wir so hoch gestiegen waren, wie die Treppen reichten, legte Steve einen Arm um meine Schultern. „I feel like I'm the king of the world."
Derek beschattete die Augen und ließ den Blick schweifen. „I'm the **master of the universe**."
„I'm hungry", sagte ich. Keine Ahnung, warum alle lachten.
Auf dem Abstieg hielt ich mich an Steves Hand fest und war so glücklich wie überhaupt noch nie in meinem Leben.

FENNY goes TOO FAR

"Mr Friendly wants to know what we're going to see," Ron said as they got into the car.

"We're going to the *Parque Las Aguilas*," Fenny's dad explained. "It's also called the **Eagle** Park or the Jungle Park."

Ron made an unhappy face. "Mr Friendly is scared of the jungle."

Fenny grinned. When Mr Friendly had **belonged** to her he had often been scared of the same things Fenny was scared of. Not that there had been many, **mind you**. Fenny had always **considered** herself very brave. "Tell him not to worry. We'll all take care of him."

Ron smiled with **relief**. "Ah, that's okay then."

The drive was short, since the Eagle Park was in the hills behind Chayofa.

Paul got out first and held the door open for Fenny. He had manners, you had to give him that. Fenny was pleased to have him all to herself today. It would be a lot easier to **talk sense into him** without Emma around. Fenny didn't have a **battle plan**, but she wouldn't use any more **diplomacy**. It hadn't worked at all. In her experience, **beating about the bush** never got you anywhere. On

eagle Adler
to belong (to) gehören
mind you wohlgemerkt
to consider halten für
relief Erleichterung
to talk sense into sb jdn. gut zureden
battle plan Schlachtplan
diplomacy diplomatisches Geschick
to beat about the bush wie die Katze um den heißen Brei herumschleichen

the other hand, you sometimes avoided **getting into trouble** if you were diplomatic. At least, that's what Mr Friendly had been trying to teach her. But can you really trust an invisible friend?

They entered the park and Fenny immediately forgot everything else as the beautiful tropical gardens welcomed her. When she was in the **presence** of nature, Fenny felt a deep **connection** with all the **plants** and animals around her. It was as if her soul was **communicating** with them.

They walked between exotic trees full of parrots. Most of the birds were allowed to fly free, and even some of the animals were not in a cage, just the bigger and more dangerous ones. **Pygmy hippos**, white tigers and kangaroos lived in big **enclosures**.

Dad had brought **binoculars** and two cameras. He took a long, close look at every animal he spotted and was pleased to find them in good health. "It seems they're all **well-fed** and happy," he commented.

"Talking of being well-fed," Fenny started, with a glance at Paul; but she was **cut short** by Ron shouting: "Hurry up, it's penguin feeding time."

Fenny often thought she hadn't only passed on her invisible friend to Ron, but also her love of animals.

After the penguin show, they went into the monkey enclosure. Visitors were allowed to feed **certain breeds**.

to get into trouble Ärger bekommen
presence Gegenwart
connection Verbindung
plant Pflanze
to communicate kommunizieren
pygmy hippo Zwergnilpferd
enclosure Gehege
binoculars Fernglas
well-fed gut genährt
to cut sb short jdm. das Wort abschneiden
certain *hier:* gewisse(r)
breed (Tier)art

Paul did an amazingly **convincing** monkey **imitation**. Fenny laughed but **refused** to feed him.

When they passed a **vulture perched** on a rock, Fenny **enthused**: "What a beauty!"

"I've never heard anyone refer to vultures as beautiful," Paul said.

"They're so fantastically **adapted** to their environment," Fenny explained. "I'm sure vultures have their own beauty ideals, and **according** to those this one is just perfect."

Paul grinned and patted his belly. "Beautifully adapted, just like me."

"If you were a bird, you'd never be able to take off." Fenny noticed she was sounding far too stern. She tried to think of something funny to say, to take the **sting** out of her **remark**, when Ron interrupted again. "Quick, let's go over there. The parrot show starts in five minutes."

Fenny didn't enjoy the show at all. She thought it was cruel to teach animals to do things that were unnatural for them. Why should parrots be able to ring bells, ride **unicycles** and play basketball? None of these were skills they'd ever need. But Ron, and according to him also Mr Friendly, were **thrilled**.

"That was funny, but kind of sad as well," Paul **remarked** as they walked on after the show. "I mean, these parrots certainly lead interesting lives, but they're not parrot-**like** lives."

convincing überzeugend
imitation Nachahmung
to refuse sich weigern
vulture Geier
to perch *(Vogel)* sitzen
to enthuse schwärmen
adapted angepasst
according to ... laut ...
sting Stich
remark Bemerkung
unnatural unnatürlich
unicycle Einrad
thrilled begeistert
to remark bemerken
-like -artig

Fenny nodded **solemnly**. "My thoughts exactly."

The next attraction was the Eagle Show. It **took place** in a huge, round area that looked like a amphitheatre, with four **concrete** steps to sit on and a tower on one side, where one of the trainers stood and let the birds take off.

The other trainer in the middle of the circle explained some basic rules and warned them not to eat during the show.

Fenny said, "This wouldn't be Emma's kind of place."

"You sound like Sabrina," Paul remarked.

Fenny was **dumbstruck**. Had he completely lost his **sense of humour**, or was she coming across as **snide** instead of funny? She was so deep in thought that she only woke up with a start when an eagle **swooped** right across her head.

With a glance at her messy hair, Paul said, "This one was looking for a place to build a nest."

Fenny managed a grin, although she was beginning to feel a little **tetchy**.

The trainers sent condors, sea eagles and buzzards into the air. An eagle swooped from high in the sky to **seize prey** from a small pond. The show made Fenny forget her worries.

"Oh, that was lovely," she said as they got up and left the amphitheatre. "These birds were able to **show off** their natural talents. I could have watched them for hours."

solemnly ernst
to take (took, taken) place stattfinden
concrete Beton
dumbstruck sprachlos
sense of humour Sinn für Humor
snide abfällig
to swoop sich stürzen
tetchy leicht reizbar
to seize packen
prey Beute
to show off angeben mit; zur Geltung bringen

They found a bench in a **shady spot** and began to **unpack** their lunch. Fenny counted to ten, then said **firmly**: "I'd say you've had enough, Paul."
Paul **took another bite** from his sandwich. "Enough of what?"
"Food."
"I've only had half a sandwich."
"Right, but if you want to **cut down on** calories you'll have to stop eating before you're full."
Paul gave her a long look, then got up and moved to another bench.
"Leave him alone," Jack said.
Fenny was already getting up. "**This is none of your business**, Dad."
She sat down next to Paul. "I'm not going to watch you ruin your health. **Obesity** is the curse of our times."
Paul pointed at a couple walking by. They were both more round than they were tall. "These people are obese. Me, I'm just a little **stocky**, like my dad."
"Don't tell me it's all in your genes and **you can't help it**. That's nothing but a bad excuse for a complete lack of discipline."
Paul crumpled up the sandwich **wrapper**, dropped it into a **rubbish bin** and shouted, "Ron, would you please throw me one of the chocolate bars?"
Fenny was quicker than Paul. She jumped up and caught the bar **in mid-air**. "I'm

shady schattig
spot Stelle
to unpack auspacken
firmly *hier:* bestimmt
to take (took, taken) another bite noch einen Bissen nehmen
to cut down on sth etw. einschränken
This is none of your business. Das geht dich nichts an.
obesity Fettleibigkeit
stocky stämmig
you can't help it du kannst nichts dafür
wrapper Hülle
rubbish bin Mülleimer
in mid-air in der Luft

not going to **let** you eat this." She hid it behind her back.

Paul's **hazelnut**-coloured eyes took on a dark, **menacing hue**. "I have never ever hit a girl and I never **intended** to do so in all my life. But for you I might make an **exception**."

"See, that's how **addicted** you are to fat, sugar and other unhealthy stuff," she said **triumphantly**. "You'd even hit me to get that silly chocolate bar."

"No, I'd do it to make sure you don't come near me again. You're really getting on my nerves. I don't tell you how to cut your hair, so don't tell me what to eat."

Fenny ran a hand through her **unruly** mane. "I can have a new **haircut** any time. But it'll take you months to **get in shape**. You'd better start now."

Paul took her by the arms, turned her around and **snatched** the chocolate bar from her hands. "What is it to you, anyway? You can't change my lifestyle in just two weeks. And we'll probably never see each other again."

Fenny watched Paul go back to Ron, her dad and Mr Friendly. She wondered why, **all of a sudden**, she felt almost **unbearably** sad.

to let *hier:* erlauben
hazelnut Haselnuss
menacing drohend
hue Färbung
to intend vorhaben
exception Ausnahme
addicted süchtig
triumphantly triumphierend
unruly widerspenstig
haircut Haarschnitt
to get in shape in Form kommen
to snatch schnappen
all of a sudden auf einmal
unbearably unerträglich

Du schwebst ja AUF WOLKEN, EMMA

Ich war verliebt. Die ganze Heimfahrt über fühlte ich es durch und durch, bis in die kleinsten Verästelungen meiner Magennerven. Ich liebte Teneriffa, ich liebte den Atlantik, ich liebte den Schnee auf dem Teide, ich liebte Vulkane – egal ob aktiv oder nicht. Vor allem aber liebte ich es, mit Steve Hand in Hand zu gehen. Fenny würde sich bestimmt freuen, wenn ich ihr erzählte, wie nah wir uns heute gekommen waren.

Als wir ankamen, waren die anderen schon zurück. Im Wohnzimmer lagen die Schätze der Shopping-Tour und eifriges Probieren und Bestaunen war angesagt. Ich küsste Mami, die gerade ein Strandkleid vorführte, und sagte ihr, dass sie toll aussah. Sie war völlig baff. Ich warf Sabrina, die mit einer Haarspange kunstvolle Frisuren ausprobierte, eine Kusshand zu. Sie fiel vor Schreck fast rückwärts über den Couchtisch.

Dann ging ich in den Garten, wo Jack, Paul und Ron gleichzeitig in den Pool zu springen versuchten. Ich stellte fest, dass ich sogar den Pool liebte. Was war nur mit mir los? Und wo steckte Fenny?

Ich ging ins Haus zurück und nach oben in unser Schlafzimmer. Da lag sie, auf dem Bett, die Hände im Nacken verschränkt, und starrte vorwurfsvoll an die Decke. Ich sah hoch, konnte aber nichts entdecken, was ihren Unmut erklärte. Also ließ ich mich neben sie plumpsen und verkündete stolz: „I held hands with Steve."

„Good for you", kam es grummelig zurück.

„Are you **sulking**?"

„I'm not sulking." Sie drehte sich auf den Bauch. „I'm angry. That's quite a difference."

„So who are you angry with?"

„Your nasty brother."

Paul war der umgänglichste Mensch, den ich kannte. Wenn ich als seine Schwester das so sah, wie nett mussten erst andere ihn dann finden? „Nasty? Are you really talking about Paul?"

„He threatened to hit me."

Paul hatte noch nie auch nur dem allerkleinsten Lebewesen etwas zuleide getan. Selbst in Notwehr würde er sich zu keinerlei Gewalthandlung hinreißen lassen, da war ich mir sicher. „What did you do?"

Fenny stütze sich auf die Ellenbogen und funkelte mich wütend an. „Me? Nothing, except try to **turn** him into a healthy, good-looking boy. And what's my **reward**? He tells me my hair is **a mess**. He's an idiot."

„Your hair has always been a mess, so what's the problem? We're on holiday, we're having fun. Everything will be fine as soon as you stop trying to change other people's lives."

„You sound like Mr Friendly."

Dazu fiel mir nichts ein, da ich keine Ahnung hatte, was Mr Friendly normalerweise so von sich gab.

Fenny drehte sich wieder um, hockte sich hin, zog die Knie an und stützte ihre Arme

to sulk schmollen
to turn (into) verwandeln (in)
reward Belohnung
a mess völlig durcheinander

auf. „You're doing it, too. You're trying to change Derek's life."
„True, but it was about time someone helped him **out of his shell**."
„And it's about time someone helped Paul get into shape. So what's the difference?"
„The difference is that Derek likes me **interfering**. Paul doesn't like it when you do." Ich versuchte, Fenny versöhnlich zu umarmen, aber sie zuckte zurück.
So mies drauf war Fenny sonst nur, wenn sie ein misshandeltes oder ausgesetztes Tier fand. Aber da konnte sie wenigstens etwas unternehmen, was sie dann schnell wieder seelisch ins Gleichgewicht brachte. Da sie gerade niemanden hatte, dem sie helfen konnte, würde sie womöglich den Rest des Abends schmollen. Sie brauchte also eine Aufgabe.

out of his shell aus seinem Schneckenhaus
to interfere sich einmischen
nightmare Albtraum

„You were right", sagte ich in einem letzten Versuch, sie aufzuheitern. „Keeping Sabrina away from Steve was a great idea. I'll need your help again tomorrow. Do you think you could send Anthony on another shopping spree with her?"
Von Fenny bekam ich keine Reaktion außer einem Grunzen. Dafür war Anthony, der gerade ins Zimmer kam, alles andere als begeistert. „Never again! It was a **nightmare**. Fenny, what the hell did you tell Sabrina?"
Fenny sah kurz auf, kräuselte die Nase und nieste. „Leave me alone, you and your awful aftershave. I'm allergic."
Anthony dachte gar nicht daran, sich zu verkrümeln. „Sabrina kept asking me strange questions about movie

stars. She said you'd told her all the exciting details of my love life. I had no idea what she was talking about, so I went back to being monosyllabic. Now she thinks I'm an arrogant twit and refuses to talk to me. Go and tell her you **made it all up**."

„Tell her yourself. I don't care."

Da wurde mir plötzlich sonnenklar, was los war. Fenny war in Paul verknallt. Was denn sonst? Sie war nur deswegen so schrecklich unglücklich, weil sie ihn eigentlich total süß fand. Und genau aus dem Grund dokterte sie jetzt an ihm herum. Sie war es einfach gewohnt, alles, was sie liebte, irgendwie zu bemuttern. So machte sie es mit jedem streunenden Tier. So machte sie es also auch mit Jungs. Sie würde sich niemals in einen Kerl verlieben, der absolut vollkommen war, denn an dem gab es ja nichts zu verbessern. Paul war ein bisschen pummelig, darum sah sie in ihm eine edle Aufgabe, die es zu bewältigen galt. Alles aus Liebe.

Oder bildete ich mir das jetzt nur ein, weil ich gerade selbst so verliebt war? Ich sah alles durch eine rosarote Brille, hörte nur noch Sphärenklänge und fand, dass alles lieblich roch, sogar Anthony, dessen Duftwolke man locker auf zehn Frauen und fünf Königspudel hätte verteilen können.

„I'll **take care of** it", sagte ich zu Anthony, der sich daraufhin verzog. Ich öffnete ein Fenster, um zu lüften, gab Fenny noch den gut gemeinten Rat, sich wieder einzukriegen, und ging Sabrina suchen.

to make (made, made) up sich ausdenken
to take care of sth *hier:* sich um etwas kümmern

Sie kam mir auf der Treppe entgegen. An beiden Händen baumelten ihre Einkaufstüten. „Du kannst gleich

wieder umdrehen", sagte sie, „und dich in Schale werfen. Wir gehen essen."
„Ach, Steve kocht heute nicht?"
„Nein, niemand hat eingekauft. Außerdem soll er ja auch mal Urlaub haben und sich nicht immer für uns abschuften." Sie klimperte mit ihren Wimpern, von denen bestimmt jede zweite angeklebt war.
„Ich wollte dir schnell noch etwas sagen, wegen Anthony."
„Geh mir weg mit dem Idioten."
„Genau, er ist ein Idiot", gab ich ihr recht. „Er ist noch nicht mal mit einem Filmstar oder einer Tochter eines Filmstars oder so zusammen. Das hat Fenny sich nur ausgedacht, weil sie dich mit ihm verkuppeln wollte."
Sabrina zog ihre dünn gezupften Augenbrauen hoch. „Warum das denn?"
„Sie hat manchmal fixe Ideen, genau wie die Diät für Paul. Dann ist sie nicht zu bremsen und verliert völlig den Sinn für die Realität. Vergiss Anthony. Er ist einfach nur ein ganz normaler Junge ohne irgendwelche aufregenden Freundinnen, denen du ihn ausspannen kannst. Und an dir ist er nicht die Bohne interessiert."
„Ach ja? Und warum ist er dann heute mit mir durch hundert Boutiquen gezogen?"
„Weil Fenny ihn dazu genötigt hat."
Ich war absolut aufrichtig. Und der Erfolg? Sabrina lachte schrill. „Emma, du bist so durchschaubar, das ist ja geradezu peinlich."
Wie, was? Ich war doch nur grundehrlich gewesen.
Sie tänzelte an mir vorbei. Wahrscheinlich um sich für den Restaurantbesuch noch mehr aufzudonnern. Also, ich ging einfach, wie ich war. Wozu der ganze Heckmeck?

FENNY gets a HAIRCUT

A bad mood was no fun at all, especially when nobody was watching. After Emma had left, Fenny got up, closed the window and went to the bathroom. She took a long, serious look at her hair. It was a mess, it was true. She couldn't **blame** her **hairdresser** because she didn't have one. She always cut her hair herself because it was quicker and didn't cost anything. She spent most of her pocket money on dog and cat food, so there was no money left for **luxuries**.

So, what was she going to do about it? How about cutting it even shorter? Fenny found a pair of **nail scissors** and started to work on her **fringe**. Ten minutes later she looked a whole lot different from before: she no longer looked a mess, she looked absolutely **hideous**. Shit! She **might as well** shave it all off and let it grow out in a new and better shape – it certainly couldn't be any worse.

"Hey, Fenny, we're going to –" Sabrina stopped at the door. "God, what have you done?"

"What does it look like? I've cut my hair."

"That wasn't exactly a good idea."

Fenny **scowled**. "Thanks for **letting me**

to blame sb jdm. die Schuld geben
hairdresser Friseur(in)
luxury Luxus(artikel)
nail scissors Nagelschere
fringe Pony
hideous abscheulich
might as well könnte genauso gut
to scowl finster blicken
to let sb know (sth) jdm. Bescheid geben, jdn. informieren

to occur to sb jdm. einfallen
to book a table einen Tisch reservieren
to set to work sich an die Arbeit machen
comb Kamm
confident selbstbewusst
mousse Schaumfestiger
tweak zupfen
to admire bewundern
spiky spitz

know. It would never have **occurred to me**."

Sabrina looked critically at Fenny from all sides. "Hm, well maybe we could ..." Sabrina moved Fenny's head from left to right and back. "All right, leave it to me. What I was going to say is: your dad has **booked a table** at an absolutely fantastic restaurant. We're going there in half an hour. While I put on my make-up you can wash your hair with my special shampoo."

Fenny wasn't sure if she was in good hands, but since it couldn't possibly get any worse she decided she might as well trust Sabrina. She washed her hair.

Sabrina made her sit on a stool, then **set to work** with a **comb** and her own pair of scissors. Her movements were very quick and **confident**. Fenny began to relax, even though she couldn't see herself in the mirror and had no idea what the end result would be.

By the time Sabrina had finished cutting, Fenny's hair was almost dry. Sabrina put some **mousse** into it, then used her fingertips to **tweak** everything into shape. She stepped back and **admired** her work. "I bet you've never looked better."

Fenny got up from the stool and stepped over to the mirror. She could hardly believe what she saw. It was incredible. She looked like a different person. More like a woman than a girl. Her hair was very short and shiny, with **spiky** tips. It looked professionally styled and wild

at the same time. “I love it. You’re really good at this.” She turned and hugged Sabrina. “Thank you. In London I’d have to pay a **fortune** for a haircut like this.”
Sabrina smiled proudly.
Fenny couldn’t wait to show everybody her new self. She wanted to gallop downstairs straight away, but Sabrina held her back. „How about a little lip gloss and mascara? And then I’ll help you **dress up to the nines**.“

fortune Vermögen
to dress up to the nines sich in Schale werfen

WIE LÄUFST DU denn wieder rum, Emma?

Weder im Haus noch im Garten hatte ich Gesellschaft. Alle waren sich umziehen gegangen. Ich nutzte die Zeit, um allein ein paar gemütliche Bahnen im Pool zu ziehen. Mein Handtuch und der Bikini, den Fenny mir geliehen hatte, lagen noch von gestern da.
Es war herrlich erfrischend. Am liebsten wäre ich hier geblieben und hätte mich von Steve mit Sandwichs verwöhnen lassen. Auf Restaurantbesuche bin ich gar nicht so scharf, trotz oder gerade wegen meines gesunden Appetits, denn vor allem in vornehmen Restaurants bekomme ich immer zu hören: „Bestell nicht so viel, das ist schweineteuer hier.“
„Emma, wo bleibst du?“, tönte Mamis Stimme vom Haus her. „Wir sind alle schon startklar.“

Ich stieg aus dem Pool, rubbelte mich trocken, nahm meine Klamotten und rief: „Ich komme schon."
„Also, so kannst du unmöglich mitkommen", sagte Sabrina, als ich von der Terrasse ins Wohnzimmer kam.
„Wieso? Den Bikini ziehe ich natürlich aus."
„Ja, und die ollen Sachen wieder an. Ne, also das geht gar nicht."
„Was geht dich das an?"
„What's the problem?", wollte eine schicke junge Frau von mir wissen, die ich erst auf den zweiten Blick erkannte.
„Is that you, Fenny?" Sie hatte einen fetzigen Haarschnitt, ein dezentes Make-up, ein geiles Outfit und sah mindestens fünf Jahre älter aus.
Fenny drehte sich einmal um sich selbst. „Sabrina gave me a haircut."
Da stand ich mit meinen triefend nassen Haaren und dem feucht an mir dranklatschenden Bikini, und um mich herum nur schöne Menschen! Halsketten, Ohrringe, tolle Frisuren und edle Klamotten wohin das Auge blickte. Sogar die Männer hatten sich in Schale geworfen. Paul trug eine von Papis Krawatten. Anthony, der sowieso ein eitler Fatzke war, hatte sich ausstaffiert, als ging er zu seiner Hochzeit. Steve trug schwarze Jeans und ein weißes Hemd und sah absolut zum Anbeißen aus.
Da konnte ich nicht mithalten. Ich hatte nur Schlabberlook zu bieten. Am besten würde ich meinen Bärchenschlafanzug anziehen, dann fiel ich wenigstens richtig auf.
„Jetzt mach schon", drängelte Mami. „Irgendetwas Schickes wirst du doch dabeihaben."

Ich warf einen letzten verzagten Blick in die Runde, dann ging ich hoch, das Handtuch hinter mir herschleifend. Es war schon traurig: Meine eigene Mutter wusste nicht, dass ich außer dem unpraktischen Röckchen, das sie mir zur Einschulung aufgezwungen hatte, nie etwas Schickes besessen hatte.
Gerade noch war ich in die ganze Welt verliebt gewesen und nun mochte ich niemanden mehr leiden, am allerwenigsten mich selbst.
Als ich zehn Minuten später mit frisch geföhnten Haaren, in meiner besten Jeans und meinem einzigen T-Shirt ohne Aufdruck aus dem Bad kam, erwartete mich jedoch eine Überraschung. Steve trug anstelle des weißen Hemds ein blaues T-Shirt, und Paul zog gerade die Krawatte aus. Sie hatten sich mir angepasst, damit ich mich nicht so sehr als Außenseiter fühlte. Ich lächelte den beiden dankbar zu, dann spazierten wir los.
„In diesem Aufzug würde ich nicht mal zu McDonald's gehen", raunte Sabrina mir zu. Dann erklärte sie mir boshaft, dass wir etwa zwei Kilometer zu laufen hatten. Zwei Kilometer ohne Marschverpflegung? Na, irgendwie würde ich es schon überstehen. Hoffentlich bekam man in diesem vornehmen Schuppen ganz schnell eine Vorspeise serviert.
Auf dem letzten Stück des Weges ging es so steil bergauf, dass ich Sabrina direkt um ihre High Heels beneidete. Ich kann in so Dingern ja keine zwei Meter weit laufen, ohne auf die Nase zu fallen, aber bergauf ist es bestimmt praktisch. Wie sie damit den Berg unbeschadet wieder runterkommen wollte, war mir aller-

dings ein Rätsel. Hoffentlich kam Steve nicht auf die Idee, sie zu tragen.
Als wir ankamen, sahen alle so hungrig aus, wie ich mich schon seit Stunden fühlte. Der Fußmarsch hatte es nicht bessergemacht.
Das Restaurant war ein flaches, weiß verputztes Gebäude mit großen Bogenfenstern und einem unscheinbaren Schild über dem Eingang. Die Düfte, die uns entgegenwehten, waren allerdings mehr als verheißungsvoll.
Ich war richtig erleichtert, als ich die rustikale Einrichtung sah. Von wegen sich in Schale werfen! Auch die meisten Gäste sahen eher aus, als wären sie gerade von einer Wanderung zurückgekehrt und nicht, als wollten sie in die Oper gehen. Ich sah, wie Papi seine Krawatte lockerte.
Sabrina meinte hochnäsig: „I hope the food is better than the clientele."
Ich hätte sie gern in den Hintern getreten, aber ich beschränkte mich auf ein gezischtes „Arrogance is a way of life for you, isn't it?"
Fenny warf mir einen strengen Blick zu. Klar, sie hatte diesen tollen Haarschnitt von Sabrina verpasst bekommen und hatte die Fronten gewechselt.
Ich jedenfalls fühlte mich in diesem Laden auf Anhieb wohl. Der Saal mit seiner dunklen Holzdecke, dem Steinboden und dem Rauputz an den Wänden hatte etwas von einer kuscheligen Höhle. Hoch lehnige Holzstühle standen an Tischen, die mit fliederfarbenen Tischdecken und weißem Geschirr gedeckt waren. Ein freundlich lächelnder und rasend schnell Spanisch

sprechender Kellner führte uns an einer Bar mit beleuchteten Flaschenregalen vorbei zu dem für uns reservierten Tisch.

Jetzt ging es darum, wer neben wem saß. Ich klemmte mich förmlich zwischen Sabrina und Steve und gewann. Ein kleiner Triumph, den mein Magen mit lautem Knurren quittierte.

Ich machte mir erst gar nicht die Mühe, die Speisekarte zu studieren, sondern ließ mir von dem lächelnden Kellner etwas empfehlen. Ich verstand zwar kein Wort, aber das spielte keine Rolle. Ich nickte einfach zustimmend, um den Vorgang zu beschleunigen. Noch lieber hätte ich mich von Steve beraten lassen, aber der war damit beschäftigt, Sabrina die Grundzüge der spanischen Küche zu erläutern.

Warum konnte Mami nicht eine Freundin mit einer total unscheinbaren Tochter haben? Das Leben war manchmal ganz schön ungerecht.

Fenny KISSES A FROG

Fenny **made a point of** *not* watching Paul eat. **In fact**, she looked in the opposite direction, which wasn't easy because he was sitting directly across the table from her. She wanted him to know that it was his **loss** if he wouldn't let her help him.

to make a point of doing sth Wert darauf legen, etwas zu tun
in fact genau genommen
loss Verlust

Emma was happily picking bits of chicken, fish and vegetables from everyone else's plates to help her **make up her mind** what to order next.

Fenny had reminded Anthony of their deal, and now he was trying to make conversation with Sabrina. But Sabrina was talking over Emma's head to Steve. Things were going dramatically wrong. She needed to come up with an emergency plan, because she was still convinced Emma and Steve belonged together, even though she liked Sabrina a lot more since the haircut.

When everybody had finished eating and the grown-ups were talking about politics and other boring stuff, Fenny suggested they went outside. Emma, Sabrina, Paul, Steve and Anthony **took her up on her invitation**. Derek and Ron went to play hide and seek around the bar.

The outdoor terrace was lit by real **torches** in metal **holders** on the wall. They all walked around for a while in the mild night air, until Fenny decided the time was right to **put her plan into action**. She suggested they play Truth or **Dare**.

"What's that?" Sabrina asked.

"It's a party game. The rules are quite simple. One of us starts the game by asking someone else, ‚Truth or dare?' If that person says, ‚Truth', they're asked an **embarrassing** question. If they answer ‚Dare,' they have to do whatever the first person **dares** them to do. Then they ask the next person, and so on."

to make up one's mind sich entscheiden
to take sb up on an invitation eine Einladung annehmen
torch Fackel; Taschenlampe
holder Halter
to put a plan into action ein Vorhaben ausführen
dare Herausforderung
embarrassing peinlich
to dare sb to do sth jdn. auffordern, etw. zu tun

"Oh yes, I know that game. In Germany it's called 'Wahrheit oder Pflicht'. Sounds like fun. Can I start?"
They found a **low** wall, and Steve sat down between Emma and Sabrina. Fenny, Paul and Anthony pulled up chairs from a **nearby** table.
"Emma," Sabrina said. "Truth or dare?"
Emma bit her **lip**, then decided. "Truth."
"Do you have an eating disorder?"
"Oh, **for heaven's sake!**" Emma practically exploded. "Once and for all: I've never had an eating disorder, I don't have one and I'm not planning ever to get one. Have I made myself clear?"
"Hey, this is a game. No need to **freak out**." Sabrina grinned **knowingly** at the others. „She's a **spoilsport**, isn't she?"
Uh-oh, this wasn't going at all as Fenny had planned. "Your turn, Emma," she said quickly.
Emma took a long time to decide who she wanted to ask. "Paul, truth or dare?" she finally said.
Paul **shrugged**. "Dare."
"Show us your **forlorn** kitten **impression**."
Paul hid his face in his hands. "Truth, truth, truth. I changed my mind."
"Kitten impression!" they all **chanted**.
Paul sighed, went down on all fours and started rubbing his head against Emma's legs, **meowing heart-breakingly**. He was so convincing that Fenny was almost **tempted** to feed him.

low niedrig
nearby nahe liegend
lip Lippe
For heaven's sake! Um Gottes willen!
to freak out ausflippen
knowingly wissend
spoilsport Spielverderber(in)
to shrug mit den Achseln zucken
forlorn verlassen, elend
impression Nachahmung; Eindruck
to chant skandieren
to meow maunzen
heart-breakingly herzzerreißend
to tempt versuchen

"Enough," she **begged**. "Or I'll start crying."

Paul gave a final **yowl**, then returned to his chair. "Fenny, truth or dare?"

Fenny suddenly felt her face turn hot and her heart **thump** in her chest. "Dare," she said, **fearing** the worst.

"Bring me one of the **home-made** biscuits they have on the menu here."

"Damn," said Fenny. "**Feeding you up** is against my **principles**. I refuse to do it."

"Refusing is against the rules of the game," Paul said with a grin.

Fenny shrugged. "**Have it your way.**" She went inside.

"Oh, and one for me, too", Emma called after her.

In the end, Fenny brought biscuits for everyone. That way she didn't feel quite so bad about it. At least it was her turn now and she could finally do something about Emma and Steve. They'd never get anywhere without a little help, that much was clear. "Emma", she said. "Truth or dare?"

Emma pointed at herself in surprise. "Me again?"

"There's no rule that says you can only be asked once. Truth or dare?"

Emma gave her a long look. Fenny put on her best poker face.

"Dare," Emma said **hesitantly**.

Fenny grinned from ear to ear. "Give Steve a kiss."

But Emma was still busy **chewing** a biscuit. She **choked** and started to **cough**.

to beg betteln
yowl Jaulen
to thump pochen, heftig schlagen
to fear fürchten
home-made hausgemacht
to feed sb up jdn. aufpäppeln
principle Prinzip
Have it your way. Ganz wie du willst.
hesitantly zögernd
to chew kauen
to choke sich verschlucken
to cough husten

"Take your time," said Fenny, and went to get a glass of water for Emma.

After Emma had **caught her breath**, she turned and **pecked** Steve on the cheek.

"Hey, is that all?" Fenny complained. "That wasn't a proper kiss."

"What do you expect from a girl who wears pyjamas with teddy bears on?" commented Sabrina. "I bet she's never kissed a boy on the mouth."

"My love life is none of your business," spat Emma.

"You don't have a love life." Sabrina wouldn't stop winding her up. "You have an eating disorder, and you probably have a kissing disorder too."

Steve put a hand on Sabrina's shoulder. "Leave her alone."

This seemed to make Emma even angrier. "I don't need you to **defend** me. I can take care of myself."

Fenny didn't know what to do. She had to end this **quarrel**, but she didn't want to be rude to Sabrina because of the fantastic haircut she had given her. She **opted for** diversion tactics.

"It was all my **fault**," she said. "My instructions weren't **precise** enough. Look, Emma, this is how I want you to kiss Steve."

She turned to her right, where Paul was sitting, grabbed him around the neck to make sure he couldn't escape, pulled his head towards her and planted a kiss firmly on his mouth. It felt **surprisingly** good. His lips were

to catch one's breath wieder zu Atem kommen
to peck einen flüchtigen Kuss geben
to defend verteidigen
quarrel Streit
to opt for sich entscheiden für
fault Schuld
precise präzise
surprisingly überraschend

soft and warm. He didn't even try to pull away; in fact, he **responded** to her kiss with great gentleness. She let go of his neck and kissed him some more. Then **breathlessly**, she **drew back**. "Like that," she **panted**. She felt as if she had kissed a frog and found it had turned into a prince.

Emma didn't **react**. She was sulking. Fenny wanted to ask Steve to **make the first move**, when Sabrina suddenly put a hand around Steve's neck and kissed him full on the mouth. "There, I did it for you, Emma. I suggest you leave the game, you're just no good at it."

Emma got up quickly and ran inside. Fenny had seen a tear roll down her cheek.

"Why did you do that, Sabrina?"

"I'm just trying to be **helpful** and keep the game going."

Fenny **stamped** angrily on the ground. "**I've had it** with this stupid game."

"It was your idea."

She didn't want to **argue** with Sabrina. All she wanted was to **straighten** things **out** again. "You should go and talk to her, Steve."

But Steve didn't **budge**. "Not now", he said. "Emma hates being **comforted**. She hates it when someone sees her cry."

Which only shows, Fenny thought, how well he knows her and **how much he cares**.

to respond erwidern
breathlessly atemlos
to draw (drew, drawn) back (sich) zurückziehen
to pant keuchen
to react reagieren
to make the first move den ersten Schritt tun
helpful hilfreich
to stamp stampfen
I've had it ich hab's satt
to argue (sich) streiten
to straighten out in Ordnung bringen
to budge sich rühren
to comfort trösten
how much he cares wie viel es ihm ausmacht

Schlaf gut, Emma

Ich lag wach und starrte an die Decke.
Ich hatte mich natürlich geweigert, bei Fenny zu schlafen. Dazu war ich viel zu sauer auf sie. Dieses bescheuerte Spiel! Wieso hatte ich dabei mitgemacht? Jetzt hatte ich den Salat. Sabrina hatte Steve geküsst und nun war er ihr garantiert verfallen, mit Haut und Haaren. Mit Kochlöffel und Schneebesen.
Das Blöde an meinem Bettentausch war, dass nun alle mitbekamen, dass etwas nicht stimmte, und ich hasse es, wenn man mir anmerkt, dass ich schlecht drauf bin. Ich will dann einfach in Ruhe gelassen werden.
Ich zog also in Mamis Zimmer, Papi wurde umgesiedelt ins Poolhaus zu Jack, und Beverly wanderte mit ihren Sachen zu Fenny hoch. Alle fragten ständig, was denn los sei und ob wir uns nicht einfach wieder vertragen wollten. An sich wollte ich ja schon, aber erst musste sich Fenny entschuldigen. Wie ich Fenny kannte, würde das ewig dauern. Womöglich entschuldigte sie sich erst nächstes Jahr, wenn ich wieder zu ihr nach London flog. Falls ich überhaupt fliegen würde. O je! Was für ein Schlamassel. Und alles nur, weil ich mich nicht getraut hatte, Steve zu küssen. So gut müsste Fenny mich doch kennen. Ich finde, Küsse sind etwas Privates. Mit meinem bisher einzigen Freund habe ich in der Öffentlichkeit allerhöchstens Händchen gehalten. Geknutscht wurde nur bei abgeschlossener

Tür. Deshalb hatte Mami auch schon die schlimmsten Befürchtungen und fing an, mit mir über Aufklärung zu reden, als hätten wir nie Sexualkundeunterricht gehabt. Eltern! Gerade hatte sie mir Löcher in den Bauch gefragt, was denn nun passiert wäre und ob es mich sehr belasten würde. Ich hatte mich umgedreht und geschnarcht, bis sie das Verhör endlich aufgab.
Eigentlich war ich gar nicht so sehr auf Fenny böse, sondern auf Sabrina, die ein unfehlbares Talent hatte, mich auf die Palme zu bringen. Und auf mich selbst war ich auch böse, weil ich mich so von ihr hatte reizen lassen. Die Ruhe von Paul müsste ich haben.
Der arme Paul! Dieser schreckliche Moment, als Fenny sich ihn einfach gegrabscht und abgeküsst hat. Wie konnte sie nur? Erst hieß es, Paul wäre zu fett. Dann ging sie auf ihn los und machte mit ihm rum. Da sollte mal einer draus schlau werden. Und mein viel zu gutmütiger Bruder hatte es heldenhaft erduldet.
Meine Gedanken drehten sich immer weiter und weiter im Kreis und kamen einfach nicht zur Ruhe. Mir war schon ganz schwindelig. Das einzige, was jetzt half, war schlaffördernder Joghurt, ganz klar.
Ich stand in Zeitlupe auf, um Mami nicht mit Deckenrascheln zu wecken, öffnete lautlos die Tür und machte mich auf Zehenspitzen auf den Weg in die Küche. Als ich um die Ecke des Wohnraums bog, blieb ich stocksteif stehen und hielt die Luft an. Jemand glotzte durch die Terrassentür, ein Geist mit finsterem Gesicht und seltsam in die Luft stehenden Haaren. Dann erst sah ich Fenny. Sie stand an der Tür und schaute in die Nacht hinaus. Ihr Spiegelbild im Fenster, das durch ein

schwaches Licht aus dem oberen Flur zustande kam, war es, was ich für einen Geist gehalten hatte.
Sollte ich wieder umdrehen? Ne, das wäre feige. Sollte ich mit Fenny reden? Nur was? Sollte ich sie einfach in den Arm nehmen? Ja, das wäre vielleicht das Beste. Ich wollte mich gerade in Bewegung setzen, da sagte Fenny: „Yes, I know I'm an idiot. You don't have to tell me."
Komisch, ich hatte doch gar nichts gesagt. Ich überlegte noch, wie ich reagieren sollte, da meinte Fenny, die immer noch in die Nacht hinausschaute und mich keines Blickes würdigte: „It wasn't all my fault. Emma didn't **get the message**, that's the problem. I served her Steve **on a silver platter** and she ... no, don't interrupt. I wish she'd had more **guts**."

to get the message kapieren
on a silver platter auf einem silbernen Tablett
guts *hier:* Mumm
to be in touch with in Verbindung stehen mit

Also, jetzt kapierte ich gar nichts mehr. Mit wem redete sie eigentlich? Hockte Sabrina auf der Treppe? Ich streckte den Kopf vorsichtig um die Ecke, aber da war niemand. Telefonierte Fenny mit dem Handy? Auch Fehlanzeige, sie hatte die Hände hinter dem Rücken verschränkt. Sehr mysteriös das Ganze.
„Don't mention the kiss", befahl Fenny ihrem nicht vorhanden Gesprächspartner. „I'm not going to talk about it. Yes, his lips were very soft. And it felt so ... special, somehow. I can't explain. I don't want to think about it. I'm sure it doesn't mean anything. I'm not like Emma – not **in touch with** her emotions. I know exactly what I feel and for whom. And although Paul is a nice guy, and quite funny, and an excellent kisser –

he's definitely not my type. And that's my last word. You're not going to talk me into falling for him, if that's what you're **getting at**. Good night, Mr Friendly."
Als Fenny sich umdrehte, machte ich hastig zwei Schritte zurück in den Schatten im Flur. Sie würde es bestimmt nicht wollen, dass jemand zuhört, wie sie mit ihrem unsichtbaren Freund aus Kindertagen über ihre Gefühle und Probleme sprach. Mir war es ja schon beim Zuhören peinlich gewesen. Wenn ich mich mit Fenny versöhnen wollte, musste ich einen besseren Moment abwarten.
Ich wartete, bis im Flur oben das Licht ausgegangen war, dann ging ich durchs Wohnzimmer in die Küche und durchsuchte den Kühlschrank. Kein Joghurt. Ich beschloss, Käse zum idealen Schlafmittel zu erklären, denn davon hatten wir reichlich. Ist ja auch ein Milchprodukt.
Satt und zufrieden ging ich dann die Treppe hoch und merkte erst, als ich schon die Türklinke in der Hand hatte, dass ich vor dem falschen Schlafzimmer stand. Also wieder runter und zu Mami ins Bett. Ich starrte an die Decke und stellte mir vor, ich hätte mehr „guts" gehabt, so wie Fenny es sich gewünscht hatte, und hätte Steve so geküsst, wie Fenny Paul geküsst hatte. Ein aufregender Gedanke. Viel zu aufregend, um dabei einzuschlafen. Ob ich mich im Pool abkühlen sollte? Besser nicht. Wenn Sabrina mich dabei erwischte, würde sie mir neben einer Ess- und Kussstörung womöglich noch eine Schwimmstörung unterstellen. Wenn Sabrina mich das nächste Mal dumm anmachte, würde ich

to be getting at sth auf etwas hinauswollen

ihr sagen, was ich von ihren Manieren hielt. So! Wenn sie mich ständig bloßstellte, konnte ich auch mal fies sein, auch wenn das sonst gar nicht meine Art war. Ich schubste in Gedanken Sabrina in den Pool und schlief endlich ein.

MITTWOCH

Fenny gets LOST

Fenny got up early as always, but not in her usual cheerful mood. Her mum was breathing deeply next to her and Fenny decided to be **merciful** and not throw a wet towel over her face.

She got up, dressed and went for an early morning walk. Outside the house, she stopped for a second to see if Mr Friendly was coming to join her, but he had obviously said everything he wanted to say last night.

Fenny loved early morning walks, **no matter** where she was. At home, she often walked around the streets of Hampstead and watched them slowly come alive. She saw lights go on in the windows. People began to walk and talk and wriggle their way into the day.

Here, there was **neither** traffic nor **lit** windows. The world was asleep. The **silent dawn** was full of wonderful smells. The air on Tenerife **was said to be among** the clearest you could find anywhere on the planet. If only her mind were as clear and **calm** as the morning air!

merciful gnädig
no matter egal
neither ... nor weder ... noch
lit *hier:* beleuchtet
silent still
dawn Morgengrauen
to be said to be angeblich sein
among (mit)unter
calm ruhig
to quarrel sich streiten
to make up *hier:* sich versöhnen

First, there was Emma to worry about. Fenny had never really **quarrelled** with her before. They'd have to **make up**, something Fenny wasn't very good at. And all because of a stupid game that had been supposed to be fun.

Then there was Steve. Why had he let Sabrina kiss him? Did he **fancy** her? Had he fallen out of love with Emma? Maybe he'd never been keen on her **in the first place** and it had all been Fenny's imagination.

And there was Sabrina. How could Fenny **side with** Emma against Sabrina after the fantastic haircut she had given her?

Finally, there was Paul. **What on earth had got into her** to make her kiss him? This was even more of a disaster than the kiss Sabrina had **forced on** Steve. It hadn't been embarrassing when she did it, but for the rest of the evening she had felt awkward around Paul and had avoided him.

If things went on like this, she would soon have to avoid everyone. She'd end up going on long lonely walks all day.

After a while, though, she started to leave her worries behind. She walked on at a **brisk pace** until she felt more balanced. She had never understood why some people needed psychotherapy, **counselling** or **tranquillizers** when a good walk worked just as well.

Fenny walked **uphill** and **downhill** until the gardens and villas **gave way to** barren rocks. She walked until she realized that she had no idea where she was. She turned around and walked back the way she had come,

to fancy sb auf jdn. scharf sein

in the first place überhaupt

to side with sb für jdn. Partei ergreifen

What on earth had got into her? Was in aller Welt war in sie gefahren?

to force sth on sb jdm. etwas aufzwingen

brisk pace flottes Tempo

counselling Beratung

tranquillizer Beruhigungsmittel

uphill bergauf

downhill bergab

to give way to ersetzt werden

but at every street corner she seemed to make the wrong **choice**. Her surroundings looked less and less **familiar**. Even though it was bright daylight now, she couldn't see any **landmarks**.
Fenny didn't **panic** easily, so she kept calm, but she was getting hungry and her feet were heavy. She sat on a rock at the side of the road and sighed. She was lost. So this was what it felt like to be an abandoned kitten or a stray dog: hungry, tired and **longing for** company.

choice Wahl
familiar bekannt, vertraut
landmark Orientierungspunkt
to panic in Panik geraten
to long for sich sehnen nach

Nur KEINE PANIK, Emma

Als ich aufwachte, war es schon nach zehn. Unfassbar, ich hatte den halben Vormittag verschlafen! Auch wenn ich nicht so ein bekennender Frühaufsteher war wie Fenny, so fand ich es doch unerhört, dass mich kein Mensch geweckt hatte.
Verärgert ging ich ins Wohnzimmer. Auf dem Esstisch stand ein einsamer Teller, drum herum die kläglichen Reste des Frühstücks. Ich machte mich trotzig über das kalte Rührei her.
Sonja kam aus der Küche und brachte mir eine Tasse Tee.
„Ist alles in Ordnung?", fragte sie. Jetzt fing sie auch noch damit an! Am liebsten hätte ich gesagt: „Ne, nichts ist in Ordnung, und daran ist nur deine blöde

Tochter schuld." Aber ich bin ja nicht so gnadenlos ehrlich wie Fenny.

Ich rang mir ein Lächeln ab. „Klar, alles super duper bestens. Wo sind denn alle hin? Und wieso durfte ich nicht mit?"

„Deine Mutter ist mit Sabrina Shoppen gegangen, das hätte dich eh nicht interessiert. Selbst mir war es zu viel, mir schon wieder die Füße wund zu laufen. Anthony hat sich auch geweigert, aber Steve war diesmal ganz scharf darauf mitzugehen."

Mir fiel fast der letzte Bissen Rührei aus dem Mund. „Steve ist mit Sabrina unterwegs? Mein Steve?"

„Keine Sorge, du wirst nicht verhungern. Er ist schließlich nicht der einzige Mensch, der kochen kann."

Kochen? Essen? Mütter sind ahnungslose Wesen von einem anderen Stern. Ich hatte ganz andere Sorgen. Steve hatte sich noch nie für Mode und anderen Weiberkram interessiert. „Wo sind sie denn hin?", wollte ich wissen.

„Nach Los Christianos, wo wir gestern auch waren."

„Gibt es da ein Haushaltswarengeschäft?"

„Sicher, das wird es dort bestimmt geben. Ich habe nicht so darauf geachtet."

Ich redete mir ein, dass Steve mitgegangen war, um sich Geschirr und Töpfe anzuschauen, nicht Sabrinas Oberweite. Trotzdem sah ich sie vor meinem geistigen Auge Händchen halten und in Umkleidekabinen knutschen.

„Jack und Beverly sind mit Ron wandern gegangen", zählte Sonja weiter auf. „Eigentlich wollten sie Fenny mitnehmen, aber die hat sich zum Frühstück nicht

blicken lassen. Ihr pubertierenden Mädchen seid manchmal ganz schön schwierig."
„Ne, stimmt gar nicht. Irgendein kluger Mensch hat mal gesagt: Pubertät ist, wenn die Eltern anfangen, schwierig zu werden."
Sonja kratzte sich mit einem rot-gelb lackierten Fingernagel am Nasenflügel. „Das war sicher ironisch gemeint. Ich gehe gleich mit deinem Vater einkaufen. Soll ich dir vorher noch schnell einen Toast machen?"
Ich nickte und zählte die noch Anwesenden in Gedanken durch. Fenny, Paul, Derek und Anthony. Man hatte mich also nicht völlig im Stich gelassen. Ein tröstlicher Gedanke.

to borrow
ausleihen

Ich schmierte mir dick Marmelade auf den Toast, den Sonja kurz darauf brachte. Marmelade ist gut für die Nerven, und ich würde Nerven wie Drahtseile und eine eiserne Selbstbeherrschung brauchen, wenn die Shopping-Gruppe zurückkam. Ich sah Steve und Sabrina schon Hand in Hand zur Tür reinspazieren, dann in der Küche verschwinden, wo sie, verliebte Blicke tauschend, das Abendbrot machten. Mein Leben war ein Scherbenhaufen.
Gegen Trübsalblasen hilft nur Ablenkung. Ich fand Derek und Paul an der Tischtennisplatte. „Derek, can I **borrow** one of your books?"
Derek sammelte den Ball ein, den Paul zu weit über die Platte geschlagen hatte. „Emma, don't you know we're on holiday?", fragte er altklug. „Reading on holiday is a complete waste of time."
Jetzt bekam ich meine eigenen Ratschläge von ihm zurück. „True, but I need to relax."

„My books are in my suitcase. Take any one you like."
„Thanks." Mit dem Buch würde ich mich in den Schatten legen und so tun als wäre ich so unsichtbar wie Mr Friendly. Vielleicht redete Fenny dann sogar mit mir. Ich würde sie anlocken, wie man es mit Katzen macht, indem man so tut, als würde man sie ignorieren.
Im Zimmer der drei Brüder lag Anthony auf dem Bett und tat das, was ich letzte Nacht so ausführlich geübt hatte: Er starrte an die Decke. Ausnahmsweise hatte er mal nicht in Parfüm gebadet, sonst hätte ich schon im Flur die Witterung aufgenommen.
„Oh, sorry, I was only looking for a book," meinte ich, schon fast wieder auf dem Rückzug.
Er nahm die Ohrstöpsel seines iPods aus den Lauschern und bedachte mich mit einem ziemlich irren Blick. „Is it true?"
„Is what true?"
„If it's true then nothing that's happened so far makes any sense. Girls aren't logical, are they?"
„Are you talking to me or have you got an invisible friend, too? I've no idea what you're getting at." Entschlossen ging ich zu den Koffern, die am Fenster aufgereiht standen, öffnete den erstbesten, dann den zweiten, fand darin einige durcheinanderpurzelnde Taschenbücher und nahm *Robinson Crusoe* raus.

to have a crush on sb in jdn. verknallt sein

Als ich gehen wollte, sagte Anthony, der sich inzwischen aufgesetzt hatte und immer noch so verwirrt dreinschaute: „Sabrina said you've **got a crush on** me."
Das gab's ja nicht! Was sollte denn dieser Schachzug?
„Well, don't be offended, but that's rubbish."

„You told her I was an idiot."
„Huh? Why would I tell her I had a crush on you if I thought you were an idiot?"
„That's what I'm trying to **figure out**."
Ich dachte kurz nach, dann fiel mir wieder ein, worüber ich gestern mit Sabrina geredet hatte. „It's all your fault. Remember you told Fenny to stop lying to Sabrina about your movie star girlfriend. And I said I'd take care of it. All I did was put things right – I just told Sabrina the truth." Und jetzt wurde mir auch klar, warum Sabrina so seltsam reagiert und gemeint hatte, ich wäre durchschaubar. Sie dachte, ich hätte ihr Anthony madig machen wollen, um ihn für mich zu haben.

to figure out
herausfinden

„So the truth is that I'm an idiot. Very nice. Thanks a lot." Er ließ sich zurückplumpsen und widmete der Decke wieder seine volle Aufmerksamkeit.
„I didn't mean it", sagte ich. „I'm sorry."
Keine Reaktion. *Robinson Crusoe* war anscheinend genau das richtige Buch für mich, denn so wie alle mich gerade behandelten, hätte ich genauso gut auf einer einsamen Insel sein können.
Im Garten machte ich es mir in einem Liegestuhl bequem und war genau drei Sätze weit gekommen, als mir siedend heiß einfiel, dass Anthonys Eingeschnapptsein mein geringstes Problem war. Sabrina würde es sich nicht nehmen lassen, Steve zu erzählen, dass ich es auf Anthony abgesehen hatte. Daraufhin würde Steve mich endgültig abschreiben. Wozu sollte er sich um ein Mädchen bemühen, das ihn nicht küssen wollte, angeblich auf einen anderen stand und Teddybä-

renschlafanzüge trug? Was hätte ich in dem Moment darum gegeben, auch einen unsichtbaren Freund zu haben, dem ich mein Herz ausschütten konnte.

Ich versuchte, mich in *Robinson Crusoe* zu vertiefen, aber ich kam nie weiter als einen Satz, dann sah ich wieder auf, in der Hoffnung, dass Fenny sich endlich blicken ließ. Es passte irgendwie gar nicht zu ihr, sich schmollend zurückzuziehen. Andererseits hatte sie das gestern Abend schon gemacht, wenn auch nicht besonders lange. Ich legte das Buch weg und ging nachsehen, aber weder in unserem Zimmer noch im Mädchenbad konnte ich sie finden. Anthony war inzwischen mit Decke-Anstarren fertig, denn er lag nicht mehr auf seinem Bett. Ich hörte ein Plätschern aus dem Badezimmer der Jungs und klopfte an. „Have you seen Fenny?"

„**Nope**", antwortete Anthony. „Haven't seen her since last night. I think she's sulking because she promised not to wake us up this morning."

Hielt er sie wirklich für so kindisch, dass sie wegen so einer Kleinigkeit eingeschnappt war? Ich schüttelte den Kopf und ging in den Garten. Paul und Derek wollten sich gerade im Pool abkühlen. „Have you seen Fenny anywhere?"

nope ne

„No." Derek sprang ins Wasser.

„Ich hab sie heute auch noch nicht gesehen", sagte Paul. „Ich glaube, sie meidet mich, weil ihr der Kuss von gestern peinlich ist. Sie ist wirklich nicht ganz dicht, wenn du mich fragst."

Plötzlich machte ich mir Sorgen. „Wir müssen sie suchen gehen."

Anthony erschien am Pool. Er roch jetzt wieder nach so ziemlich allem, wonach ein Junge nicht riechen sollte.
„Look after Derek“, trug ich ihm auf. „Paul and I are going to look for Fenny. Everyone else has gone out, so you have to wait for her here. You could look inside the house, too, just in case she's hiding somewhere.“
Derek machte große Augen und behauptete: „There's only one explanation. She's been **abducted** by aliens.“

Fenny PUTS HER FOOT in it

Fenny could see some houses in the distance, but she wasn't sure if they were part of Chayofa or another village.
What would an abandoned dog do in her situation? Fenny put her nose high up in the air and **sniffed**. She couldn't **make out** any smell of food or something that would help her make up her mind which direction to walk in next.
A car drove by with **heaps** of shopping bags on the back seat. Fenny thought about this for a second or two, then headed in the direction the car had come from. With luck, she might find a shop. Maybe she could **trade** one of her earrings for a roll and a bottle of orange juice.
She had walked for about a mile along the narrow, **winding** road when she saw a sign: "Supermercado."

to abduct entführen
to put one's foot in it ins Fettnäpfchen treten
to sniff schnuppern
to make sth out etwas erkennen
heap Haufen
to trade tauschen
winding schlängelnd

Proud of her **survival instincts**, she followed the street until she saw the supermarket.
A small path led up to the main road, and from there she could hear someone talking in German. The next moment, two familiar faces came **into view**: Sonja and Carsten, Emma's dad. Fenny was about to wave and call their names when she noticed that Carsten's arm was around Sonja's shoulders and that they were behaving like two people who have a very **intimate** relationship.
Fenny lowered her hand and shut her mouth abruptly. She stood **stock-still** and watched them go into the supermarket. The last thing she saw before the door shut behind them was Sonja kissing Carsten's cheek.
"Incredible," Fenny **muttered**. "Emma's dad **is cheating on her** mum. Poor Emma. Poor Gitte." Her stomach **rumbled**. "Poor me."
Should she follow them into the shop and ask them to buy her something to eat? Or would this create an embarrassing situation? She'd better talk to Emma first and prepare her carefully for the shock.
The good news was that she knew the way home now. The villa had to be somewhere down the path Sonja and Carsten had come along. It couldn't be far away, otherwise they would have taken the car.
She followed the path and came to another street. Now she had to make a choice. Left or right? The houses looked more or less the same on both sides.

survival instincts Überlebensinstinkte
into view in Sicht
intimate intim
stock-still regungslos
to mutter murmeln
to cheat on sb jdn. betrügen
to rumble *hier:* knurren

Then, to her immense relief, Emma appeared around the corner.

"Fenny, finally!" she called. "Where have you been?"

Fenny **suppressed** an impulse to hug Emma. There was no need to admit that she had been **desperately** trying to find her way home. "I've been on a walk, of course. Now I'm hungry." She held out a hand. "Give me something to eat."

Emma turned her trouser pockets **inside out**. "I haven't got anything, as you can see."

"You never leave the house without something to eat." Fenny was getting seriously tetchy. She felt like she would starve or die of thirst any second now.

"I know, but I was in a hurry. I was starting to worry because nobody had seen you all morning."

The effects of **low blood sugar** made it impossible for Fenny to feel happy about Emma's **concern**. She **blurted out**, "You'd better worry about your dad, not me. He's having an affair with Sonja."

Emma gave her a **puzzled** look, then started laughing. "Oh, come on, Fenny, you're **making it up**."

"I know what I saw," Fenny **replied** in **wounded tones**.

"But that's **ridiculous**."

"My thoughts exactly. Why should Sonja, who is as beautiful as her daughter, be interested in an unattractive guy like your

to suppress unterdrücken
desperately verzweifelt
to turn sth inside out etwas umstülpen
low niedrig
blood sugar Blutzucker
concern Sorge
to blurt out herausplatzen mit
puzzled verwirrt
to make up *hier:* sich ausdenken
to reply erwidern
wounded verletzt
tone Ton(fall)
ridiculous lächerlich

to be the spitting image of sb jdm. wie aus dem Gesicht geschnitten sein

to gasp den Atem anhalten

to widen sich erweitern

to spin round herumwirbeln

dad, who is the **spitting image** of his son?"

Emma **gasped**. Her eyes **widened** and looked to the right, as if she were staring at something behind Fenny.

Fenny **spun round** and immediately knew she had really put her foot in it this time.

Was FÜR eine ÜBERRASCHUNG, EMMA!

Paul und ich hatten uns für die Suche nach Fenny getrennt und vereinbart, uns oberhalb von Chayofa wieder zu treffen. Und nun stand Paul da, direkt hinter Fenny, und sah aus, als hätte er in die sauerste Zitrone seines Lebens gebissen. Mir fiel partout nichts ein, was ich sagen konnte, um die Situation irgendwie zu entschärfen, zumal ich jetzt noch wütender auf Fenny war als gestern Abend. Wie konnte sie so abfällig über Paul und Papi reden?

„Well", sagte Paul, während er seine Mimik wieder unter Kontrolle brachte. „I couldn't tell you, but Sonja and Dad were together for years."

Fenny blinzelte verwirrt. Dass Sonja und Papi ein Paar gewesen waren, bevor Papi sich in Mami verliebte, hatte ich ihr noch nie erzählt. Wozu auch?

„In fact", fuhr Paul mit ernstem Gesicht fort, „our dad is also Sabrina's dad."

„But then", sagte Fenny, die verdutzt zwischen uns hin- und hersah, „ ... then Sabrina is your half-sister."

„Paul, lass den Quatsch", zischte ich. „Mit so etwas macht man keine Witze."

Paul legte mir fürsorglich eine Hand auf die Schulter. „Emma, I've known for years, but Mum and Dad decided not to tell you because you and Sabrina didn't **get on**. They thought it was better to **keep you in the dark**. They'll be very angry to hear I've told you. Sorry, sis."

to get on with sb mit jdm. auskommen
to keep sb in the dark jdn. im Ungewissen lassen
crap Scheiße

Da war sie wieder, Pauls Lieblingstaktik: Fakten mit erfundenen Geschichten mischen und dadurch glaubwürdig wirken. Aber bei mir zog das schon lange nicht mehr. Ich schob seine Hand weg. „Don't talk **crap**."

Paul deutete auf einen kleinen Fußweg, auf dem gerade Sonja und Papi erschienen, beladen mit Einkaufstüten. „Ask them, if you want."

„Hi there", begrüßte uns Sonja. „You want to help us carry the stuff home?"

Ich griff mir eine der Tüten, wühlte darin herum, förderte einen Viererpack Trinkjoghurt zum Vorschein und reichte Fenny eine der kleinen Plastikflaschen, weil sie auf mich den Eindruck machte, ernstlich hungrig zu sein. Für so etwas habe ich einen Blick.

Sie riss den Deckel ab und schüttete den Inhalt gierig in sich hinein. Und schon arbeitete ihr Verstand wieder – obwohl es bei ihr ja eher der Unverstand war, der arbeitete.

„Is it true", fragte sie Papi, „that you and Sonja – I mean that you were – you know ..."

„Oh, sure", sagte Papi in seiner unbedarften Art. „Sonja was my girlfriend for years. It's funny, though, isn't it, that in the end I married Gitte, Sonja's best friend."
Fenny klappte der Mund auf. Ich öffnete noch einen Trinkjoghurt für sie. Fenny trank ihn leer, ohne die Augen von Sonja zu lassen. „So, what about Sabrina?"
Bevor Sonja antworten konnte, zog ich Fenny weg. „Sonja and my dad **split up** long before Paul was born. Sabrina's dad is a bank manager, he's married to Sonja and his name is Gerd Brändle. There!"
„That's what they made you believe", beharrte Fenny.
„Come on, Fenny, that's totally stupid." Damit ließ ich sie stehen. Sollte sie doch glauben, was sie wollte. Ich genehmigte mir auch einen Trinkjoghurt und ging voraus.

to split up
sich trennen

Das Mittagessen, das Sonja daheim machte, war eigentlich nur ein improvisierter Imbiss. Sie stellte alles auf den Tisch, was sie im Kühlschrank fand und was sie eingekauft hatte, platzierte einen Stapel Teller und Besteck daneben und sagte, jeder solle sich selbst bedienen. Fenny stopfte sich mit Käse und Brötchen voll und verschwand mit Sonja ins obere Stockwerk. Paul sagte, er hätte keinen Appetit. Anthony ließ sich gar nicht erst blicken.
„Irgendwie", sagte Papi, „ist die Stimmung etwas seltsam. Was ist los?"
Wenn Papi mich ausfragt, ist mir das lieber, als wenn Mami es tut, weil er nämlich nie irgendwelche Ratschläge gibt. Man kann ihm jeden Kummer erzählen. Er hört geduldig zu und tröstet einen nur so viel, wie absolut nötig ist.

„Ich hab mich in Steve verliebt, aber der ist mit Sabrina einkaufen gegangen. Ich glaube, sie hat ihn mir weggeschnappt.“

Papi grinste. Das war nicht die Reaktion, die ich erwartet hatte. „Ich könnte dir jetzt etwas sagen, das dich augenblicklich trösten würde, aber ich musste versprechen, es für mich zu behalten. Ich sage nur so viel: Es ist alles in bester Ordnung.“

„Hat er etwa bei dir um meine Hand angehalten?“

„Ne, aber er hat Mami nach deiner – äh, also er hat etwas gefragt, was ich aber nicht verraten darf. Mensch, fast hätte ich mich verplappert.“

Ich gab Papi einen Kuss auf die Backe. Er stoppelte, weil er sich im Urlaub nie rasierte. Dann ging ich in den Garten, machte es mir in einem Liegestuhl bequem, schloss die Augen und dachte nach. Was konnte Steve Mami gefragt haben? Und warum brachte das alles in Ordnung?

Wie konnte der unscheinbare Eichhörnchen-Steve sich zu einem so süßen Jungen entwickeln? Und niemand hatte mich vorgewarnt. Ich sah ihn vor meinem geistigen Auge, wie er aus dem Meer gekommen war und wie das Wasser auf seinen Oberarmen abperlte. Ob ich ihn dazu überreden konnte, sich ein Herz mit „Emma“ darin tätowieren zu lassen? Wie ich ihn kannte, würde er sich eher für ein Piercing in Form einer klitzekleinen Bratpfanne entscheiden.

Dann sah ich vor mir, wie er mit seinen geschickten Händen in Sekundenschnelle eine Salatgurke in exakt gleichdünne Scheiben schnitt. Ich hatte ihm schon hundertmal beim Kochen zugesehen, und mir war nie aufgefallen, wie schön seine Hände waren. Ich stieß einen schmachtendes „Hach“ aus, das sich in ein trauriges „Hachje“ verwandelte, als ich mich daran erinnerte, wie Sabrina ihn geküsst hatte. Was sie wohl jetzt gerade machten? Probierte Sabrina sexy Nachthemden an und ließ sich von Steve darin bewundern? Kaufte sie ihren tausendsten Bikini und ließ ihn die Farbe aussuchen? Hatte Papi wirklich recht, dass alles in Ordnung war? Er könnte ja auch etwas missverstanden haben.

Es gab ein kleines Erdbeben. Ich dachte erst, es wäre meine Sehnsucht nach Steve, die mich durchrüttelte, aber dann machte ich die Augen auf und sah Fenny, die sich an den Rand des Liegestuhls gesetzt hatte und ihn dabei fast zum Kippen brachte.

„Sonja gave me a manicure.“ Sie hielt mir ihre Krallen vor die Nase. Schielend erkannte ich ein raffiniertes Marmormuster in Rot und Blau, passend zu den Ohrringen, die sie gerade trug.

„Nice“, sagte ich ohne Begeisterung. Sollte ich mich darüber etwa freuen? Sabrina verpasste ihr einen super Haarschnitt, Sonja malte ihre Nägel an. Und was war mit uns und unserer Freundschaft?

„And I have good news for you, too“, verkündete Fenny. „About Sabrina.“

War sie beim Shoppingbummel in einer Umkleidekabine eingeschlossen worden? Darüber hätte ich mich tatsächlich gefreut.

Fenny beugte sich vor. „Sonja told me all about how she fell in love with Gerd Brändle at the same time as your dad suddenly realized how he really felt about

Gitte. They split up and there's been nothing going on between Sonja and your dad ever since. They're just friends. So Sabrina is not your half-sister after all. That must be a relief."

„I told you I knew she wasn't my half-sister. Paul was making it up."

„But he was so convincing. I'm sure you began to worry that he might be telling the truth after all."

„Not for a millisecond." Ich begann mich schon wieder über Fenny zu ärgern. Mich über Sabrina zu ärgern, machte mir nicht annähernd so viel aus, das gehörte einfach dazu. Aber mit Fenny hatte ich mich immer blendend verstanden.

Dann setzte sie noch eins drauf: „I'd love to have a sister. Three brothers are no fun. I'm sure I'd get on with Sabrina **like a house on fire**."

Sofort fühlte ich mich zurückgewiesen. „What about me?"

Fenny grinste. „You can't be my sister, you're already my best friend."

So war das also. Sie hatte mich mit Absicht provoziert und ich war glatt darauf reingefallen. „Oh, you …! I'll call Paul to throw you into the pool."

Ich wollte schon aufspringen, aber da hielt sie mich am Arm fest. „Wait. Don't call Paul. I don't want to see him. I don't think I can ever talk to him again, not after what happened."

„Well, it's true that you offended him. You also offended my dad and, **come to think of it**, my mum." Indem Fenny gesagt hatte, dass Sonja zu attrak-

to get on like a house on fire sich blendend verstehen
come to think of it jetzt, wo ich daran denke

tiv für Papi war, hatte sie schließlich indirekt angedeutet, dass Mami unattraktiv genug für ihn war. „You've hurt Paul's feelings a few times already, but if you tell him you're sorry I'm sure he'll **forgive** you. He's not the kind of person who **bears grudges**."

„But it's **the other way round**. He's the one who should **apologize**."

Wenn es darum ging, Tatsachen zu verdrehen, war Fenny völlig hemmungslos. Das kannte ich schon von ihr und beschloss, mich nicht darüber aufzuregen. „Why?"

„When you and Paul met me in the street, I'd been trying to find my way home for hours. I was hungry and thirsty and **exhausted**. And what did Paul do? Instead of feeling sorry for me, he told me this stupid **lie** about Sabrina." Sie verschränkte die Arme und machte einen Schmollmund. „It's **unforgivable**. Tell him that when he gets back."

Ich sah zur Tischtennisplatte rüber, wo er sich meistens aufhielt. „Where did he go?"

„Your dad took Paul, Anthony and Derek to the beach. So there's only Sonja here with us. Would you like her to give you a manicure?"

Ich schaute auf meine unspektakulären Fingernägel und fand, dass sie eigentlich so bleiben konnten, wie sie waren. „Let's play table tennis", schlug ich vor.

Wir spielten, bis uns die Nachmittagssonne so richtig aufgeheizt hatte, dann sprangen wir in den Pool und alberten herum.

to forgive (forgave, forgiven) vergeben
to bear a grudge einen Groll hegen
the other way round andersrum
to apologize sich entschuldigen
exhausted erschöpft
lie Lüge
unforgivable unverzeihlich

Als ich zwischendurch ins Haus ging, um mir einen Snack zu holen, hörte ich draußen eine Autotür zuklappen. Ich lief zur Haustür und riss sie auf. Mami, Sabrina und Steve waren vom Shoppen zurück. Sie hatten den Kofferraum geöffnet und kramten eine Tüte nach der anderen raus.
„Can I help?", fragte ich und tappte barfuß zum Auto. Sabrina drückte mir eine Einkaufstüte in die Hand. „Du kannst es wohl nicht erwarten, uns alles wegzufressen. Steve und ich kochen heute italienisch. Er will mir beibringen, wie man Pesto macht. Basilikum gibt es hier ja in Hülle und Fülle."
Als ob ich in diesem Moment an Essen denken konnte! Mir ging es vor allem darum, zu sehen, ob zwischen Steve und Sabrina etwas war. Doch Steve schaute mich nicht mal an. Er schnappte sich eine Tüte, drückte sie an sich und verschwand ohne ein Wort im Haus. Mami schleppte sich ins Wohnzimmer, ließ sich auf die Couch fallen und legte die Füße hoch. Shoppen macht sie immer fix und fertig. Trotzdem kann sie es nicht lassen.
„Was hast du Steve erzählt?", herrschte ich Sabrina an, während wir die Einkäufe in die Küche trugen. „Etwa den gleichen Stuss wie Anthony?"
„Welchen Stuss?" Sabrina legte ein riesiges Bündel Basilikum ins Spülbecken. „Ach so, du meinst, als ich Anthony gesagt habe, dass du ein Auge auf ihn geworfen hast. Ich dachte, er würde sich darüber freuen, aber er hat ganz merkwürdig reagiert. Vielleicht hätte ich ihm nicht unbedingt verraten sollen, dass du ihn für einen Idioten hältst."

„Du hättest ihm überhaupt nichts sagen sollen. Kein Mensch hat dich gebeten, dich einzumischen. Ich pfeife auf Anthony." Ich biss in eine Chilischote, ohne darüber nachzudenken, was ich tat. Im nächsten Moment brannte mein Mund wie Feuer.
Sabrina reichte mir ein Stück Brot. „Das hilft."
Ich kaute auf dem Brot herum, bis das Brennen in meinem Mund nachließ. Dann wischte ich mir die Tränen aus den Augen. „Anthony steht auf dich. Du solltest dich lieber an ihn heranmachen als an Steve."
Betont langsam stapelte Sabrina Dosen mit geschälten Tomaten auf der Arbeitsplatte. „Wie kommst du denn darauf, dass ich mich an Steve heranmache?"
„Du lässt dir von ihm Kochen beibringen."
„Das beweist lediglich, dass ich kochen lernen will. Willst du das etwa nicht? Gerade wenn man so verfressen ist wie du, sollte man zumindest ein paar Grundrezepte beherrschen."
Ich spielte ernstlich mit dem Gedanken, ihr die restliche Chilischote in die Nase zu schieben. „Nenn mich nie wieder verfressen. Was war mit dem Kuss?"
„Ich darf küssen, wen ich will. Es war ja nur ein Spiel. Und wenn es dich beruhigt, ich habe Steve nicht gesagt, dass du an Anthony interessiert bist."
„Und wie hast du ihn dazu gekriegt, mit dir Einkaufen zu gehen?"
„Kann doch mal vorkommen, dass jemand Beratung braucht. Vor allem, wenn es um Dessous geht." Damit drehte sie sich um und ließ mich stehen.
Ich zupfte ein Basilikumblatt ab und kaute verzweifelt darauf herum. Meine Vision war also richtig gewesen.

Sie hatte Push-ups und String-Tangas probiert und er hatte ihr gesagt, welche ihr am besten standen.

Inzwischen war auch Papi mit den Jungs vom Strand zurück. Paul schaute in die Küche. „Ich dachte mir, dass ich dich hier finde. Tut mir leid, dass wir vergessen haben dich zu fragen, ob du mitkommen willst."

„Hätte ich sowieso nicht gewollt", sagte ich und kämpfte mit den Tränen.

„Ist was?"

„Hab Chili gegessen." Dabei galten diese Tränen einzig und allein Steve. Ich schniefte. „Ach übrigens, du solltest Fenny heute lieber aus dem Weg gehen. Sie ist ganz merkwürdig drauf."

„Also so wie immer."

„Ne, schlimmer als immer."

Fenny kam wie aufs Stichwort in die Küche. „Did you tell him?", fragte sie mit einer Kopfbewegung in Richtung Paul.

„I told him to leave you alone."

„No, I want him to apologize."

Paul sagte: „You can talk to me directly, Fenny, I'm **right here** and my ears work perfectly well."

Fenny stemmte die Hände in die Hüften. „If you insist. I want you to apologize for telling me that stupid lie about Sabrina being your half-sister. You think it's funny to invent stories, but I hate it when you do that."

right here
genau hier

Paul sah Fenny lange und nachdenklich an. „You hate the way I look. You hate the way I talk. Is there anything at all you like about me?"

„I like the way you kiss.“ Kaum hatte sie es ausgesprochen, wurde Fenny knallrot und rannte aus der Küche.
Paul sah ihr kopfschüttelnd nach. „Deine Freundin hat sie echt nicht mehr alle.“
„Stimmt.“ Ich drückte ihm die letzte Einkaufstüte in die Hand. „Hier, pack du den Rest aus. Ich geh mich um Fenny kümmern, sonst schmollt sie wieder den Rest des Abends.“
Ich kam aber gar nicht bis in unser Schlafzimmer, denn als ich die Treppe hochgerannt war, hörte ich jemanden meinen Namen flüstern.
Ich drehte mich nach links und sah Steve in der Tür zu seinem und Pauls Zimmer stehen. „Uh, Emma“, wiederholte er, „could I talk to you for a moment? I've got a present for you.“ Er nahm mich an der Hand, zog mich ins Zimmer und schloss die Tür.
Mir wurde so heiß, als hätte ich in Chilischoten gebadet. Steve hatte mir ein Geschenk gekauft! Das war das Geheimnis, von dem Papi gesprochen hatte. Ich war schrecklich aufgeregt.
Steve griff in die Tüte, die er vorhin aus dem Auto geholt hatte, und nahm ein flaches, in rotes Papier gewickeltes Päckchen raus. Etwas unsicher hielt er es mir hin. „I hope you like it.“
Ich konnte es gar nicht so schnell auspacken wie ich neugierig war. Ein weißer, weicher Stoff mit aufgedruckten beigefarbenen Häschen kam zum Vorschein. Ich faltete das Teil auf. Es war ein Nachthemd. Sofort zog ich es über meinen noch feuchten Bikini. Steve öffnete eine Schranktür, in der ein Spiegel angebracht

war. Ich schaute mich an und war restlos entzückt. Das Nachthemd passte perfekt zu mir. Es war nicht so kindisch wie mein Bärchenschlafanzug, aber auch nicht so sexy wie Sabrinas Nachthemden. Eben genau dazwischen. So wie ich auch.

lingerie Damenunterwäsche

Ich fiel Steve um den Hals. „Oh, thank you! It's wonderful. And it fits perfectly."

„I asked your mum for your size", sagte er. „Sabrina helped me choose it. I've never bought **lingerie** before, you know."

Ich schmiegte mich an Steve, weil wir gerade so schön allein waren und ich mich mutig fühlte. Er fuhr mit der Hand durch meine nassen Haare.

„Would you like to go to Kenya with me this summer? I know I asked before. I thought maybe you'd changed your mind."

„I'll go with you anywhere." Jetzt braucht er mich nur noch zu küssen, dachte ich, dann ist mein Leben perfekt.

Vielleicht hätte er es auch gemacht, wenn in dem Moment nicht Paul reingekommen wäre, um Steve auszurichten, dass Sabrina ihn dringend in der Küche brauchte.

FENNY wants the world TO DISAPPEAR

Fenny ran upstairs to her bedroom and **slammed the door**. She threw herself face down on the bed and pulled the pillow over her head. She was old enough to know that this wouldn't make the world around her disappear, but maybe it worked even if you didn't believe it.

I like the way you kiss. What had she done? How could she have said that? Paul was sure to think she had a crush on him. She would never ever be able to look him in the eyes again. Or Emma, **for that matter**. She'd actually never ever be able to look anyone in the eyes again. She'd spend the rest of her life hiding behind books the way Derek had done until Emma had worked her magic on him.

to slam the door die Tür zuknallen
for that matter eigentlich
to wallow in misery sich in Elend ergehen
Too bad. Schade.
to pound hämmern (auf)

After **wallowing in misery** for a while, Fenny sat up. The world was still there. **Too bad**. She **pounded** the pillow, then threw it at the door. The door opened exactly at that moment and the pillow hit someone right in the face.

"Oh, I'm glad it's you and not Paul," Fenny said when Emma picked up the pillow and threw it back at her. "Hey, wow, what's that you're wearing?"

Emma looked down at herself. "A present from Steve. Lovely, isn't it?"

Fenny's bad mood was gone **in a flash**. "Brilliant! He's finally admitted his feelings for you. I knew it **all along**. I knew you two were made for each other!"
Emma blushed. "Hey, okay, **calm down**, he didn't **propose to me** or anything."
"Talking about admitting one's feelings," said a gentle but **insistent** voice inside Fenny's head, "how about you? When will you finally stop pretending **you don't give a damn** about –"
Fenny pressed her hands over her ears. "Stop it. I'm not listening."
Emma pulled Fenny's hands away. "I didn't say anything."
"Not you." Fenny pointed with her chin. "There, by the door. Mr Friendly keeps following me these days. I've no idea what he's up to. I've **got on** fine without his **interference** for years and years." She **stuck out her tongue**, then turned to Emma, who had taken off the new nightdress and was putting on a T-shirt and a pair of jeans.
Fenny realized she was still wearing her own wet bikini and went to find something dry in a heap of clothes on a chair by the window. "What did Paul say?" she asked in a **casual** tone.
"He said you've **got a screw loose**."
Fenny looked up sharply. "He didn't!"
"He did too, and he always means what he says, except when he's making up one of his stories."

in a flash im Nu
all along die ganze Zeit
to calm down sich beruhigen
to propose to sb jdm. einen Heiratsantrag machen
insistent beharrlich
you don't give a damn es ist dir scheißegal
to get on *hier:* auskommen
interference Einmischung
to stick out one's tongue die Zunge rausstrecken
casual beiläufig
to have a screw loose eine Schraube locker haben

bore Langweiler(in)
flabby schlaff
to chime in sich einmischen

Fenny held up a pair of shorts. They would do. She put them on. "I don't give a damn what Paul thinks about me. He's such a **bore**, and he's fat and **flabby**, and his forlorn kitten impression is ridiculous, and I was actually thinking of someone else when I kissed him."

"Who are you kidding?" Mr Friendly **chimed in**. "You're in love with Paul."

Fenny shooed Mr Friendly out of the door. "Leave me alone. Go and take care of Ron. I don't ever want to see you again," she called after him.

"This," Emma remarked, "is a very stupid thing to say to someone who's invisible."

DONNERSTAG

Lass DICH KÜSSEN, Emma

Ich räkelte mich, streckte die Arme weit über den Kopf und gähnte mich langsam aus dem Schlaf. War das schön, wieder neben Fenny aufzuwachen! Durch einen Spalt in den roten Vorhängen schien das Morgenlicht herein.

Moment mal – normalerweise lag Fenny um diese Zeit längst nicht mehr im Bett. Ich drehte den Kopf nach rechts und sah ihr eine Weile beim Schlafen zu. Sie lag auf dem Rücken, mit leicht geöffnetem Mund. Machte sie es etwa so wie ich gestern Nacht bei Mami und stellte sich nur schlafend, um sich lästige Fragen zu ersparen?

Einige Fragen hatte ich nämlich schon. Beispielsweise, ob sie noch alle Tassen im Schrank hatte, ob sie sich auf Unzurechnungsfähigkeit hin hatte untersuchen lassen und ob sie eigentlich vorhatte, sich den Rest des Urlaubs wie eine Geisteskranke zu benehmen.

Am gestrigen Abend war sie absolut unausstehlich gewesen. Sie hatte Paul beim Abendbrot keines Blickes gewürdigt, mit niemandem geredet und sich überhaupt aufgeführt, als hätte die gesamte Welt ihr ein schreckliches Unrecht angetan.

Ich hingegen war so gut drauf gewesen wie schon lange nicht mehr. Ich hatte sogar Sabrinas Pesto gelobt, das sie nach Steves Anleitung zubereitet hatte. Als Dankeschön hatte sie mir anschließend die Haare geschnitten. Jetzt waren sie nicht mehr so fransig und fielen wie von selbst in eine richtig schöne Form, die sie voller aussehen ließ. Später, als wir uns durch die spanischen Fernsehprogramme zappten, spielten wir alle gemeinsam Synchronisieren. Wir schalteten den Ton auf stumm und sprachen mit verteilten Rollen völlig unsinnige Texte als Synchronsprecher der Personen einer kitschigen Telenovela. Die Jungs und Väter bekamen die Frauenrollen zugewiesen und mussten mit Piepsstimmen reden. Es war zum Brüllen komisch. Papi, der einen ganz tiefen Bass hat, bekam vor lauter Anstrengung Schluckauf.

Fenny hockte mit Leichenbittermine daneben, schüttelte irgendwann den Kopf, murmelte: „You're all so terribly childish" und ging schlafen.

Wahrscheinlich war es besser, wenn ich jetzt gar nicht darauf wartete, dass sie aufwachte und mich mit ihrer miesen Laune ansteckte.

Ich stand auf, reckte mich noch einmal, ging aufs Klo, putzte mir die Zähne und kämmte mir die Haare, die immer noch toll aussahen, obwohl ich eine Nacht darauf gelegen hatte. Sonst sehe ich morgens immer aus wie ein räudiger Staubwedel.

In meinem Häschennachthemd ging ich die Treppe runter ins Wohnzimmer, um zu sehen, ob es schon erste Anzeichen eines Frühstücks gab.

Fehlanzeige. Kein Mensch war zu sehen, kein Rühreiduft zu riechen. Aus dem Augenwinkel sah ich etwas aus dem Pool steigen und sich schütteln. War etwa ein Hund reingefallen? Damit hätte ich Fenny eine Riesenfreude machen können. Ein hungriger und obendrein

nasser Hund war genau das, was sie brauchte, um ihren Kummer zu vergessen.
Ich schob die Terrassentür auf. Der nasse Hund entpuppte sich als Steve.
„Isn't it a bit cold to go for a swim so early?", fragte ich, ohne dabei auch nur eine Sekunde lang meine Augen von ihm zu nehmen.
Die Haare mit einem Handtuch rubbelnd kam Steve ins Haus. „I love cold water. Ever since I joined a rowing team I've been slowly turning into a penguin." Er machte ein paar watschelnde Schritte. „I'll change into something dry. Could you put the **kettle** on? I'll be with you again in a minute." An der Treppe drehte er sich noch mal um. „Hey, that nightdress suits you. You should wear it all day."
Ich grinste und wurde rot. Als das Wasser kochte, war Steve wieder da und goss Tee auf. Dann studierte er den Inhalt des Kühlschranks. „How about pancakes this morning?"
„Brilliant." Ich nahm ihm die Zutaten ab und reihte sie auf der Arbeitsplatte auf. „Listen, I'm a bit worried about Fenny", sagte ich.
„She's sulking; so what? She'll **snap out of it** again."
„I'm not sure." Während Steve Eier, Mandelmehl und Milch mit einem Schneebesen verrührte, überlegte ich, was es eigentlich war, das mich so beunruhigte. „She's talking to Mr Friendly again. I thought she had given him up for good. She really seems to hear his voice. Isn't that a bit crazy?"
Steve grinste. „We all have invisible friends."

kettle
Wasserkocher
to snap out of it
sich wieder beruhigen

„You mean it runs in the family?“

„No, not just the Nevils. Everybody has. I'll show you what I mean.“

conscious mind Bewusstsein
to process verarbeiten
subconscious (mind) Unterbewusstsein
to store aufbewahren
evaluated ausgewertet
coincidence Zufall
to base basieren

Er ging zur offenen Terrassentür und deutete mit dem tropfenden Schneebesen hinaus. „Look at the garden for ten seconds. Now turn round. What did you see?“

Ich zählte alles auf, vom Pool bis zum Grill, von den Palmen bis zum Meer am Horizont.

„I'm sure you saw a lot more than that“, sagte Steve. „And you smelled and heard a lot, too. But your **conscious mind** can't **process** that much information. Of course, you also have a **subconscious mind**, where all the extra information is **stored** and **evaluated**. And when you need to make a decision, your subconscious mind helps you make the right one.“

„Ah, that's what we call intuition.“

„Some people call it intuition. Some call it their invisible friend and give it a name. Me, I have a squirrel on my right shoulder who whispers in my ear.“

Ich sah seine rechte Schulter an, als hätte ich sie noch nie zuvor gesehen und kämpfte gegen den Drang an, laut loszulachen. „I always thought you looked a little like a squirrel“, gestand ich. „That can't be a **coincidence**. So when Fenny talks to Mr Friendly, she's actually talking to her subconscious.“

„Yes, and her subconscious talks back to her. Some people are very rational and try to **base** everything on logic. They never hear their intuition because they've decided to ignore it."

Ich war fasziniert. „How do you know all that?"

„My dad is a **psychiatrist**."

„I had no idea."

„I know; you're more interested in my cooking than my family history." Steve lächelte mich an, und ich verliebte mich unsterblich in seine Lachfalten.

„Are you constantly **aware of** the squirrel on your shoulder?", wollte ich wissen.

„No, of course not. Only when he says something. Like now."

„Really? What's he saying?"

Steve beugte sich vor und flüsterte. „He's saying: ‚Stop talking, you idiot, and kiss Emma.'"

„Your squirrel", sagte ich, „is a very **wise** creature."

psychiatrist Psychiater
to be aware of sth sich einer Sache bewusst sein
wise weise
forehead Stirn
temperature *hier:* Fieber
mucus Schleim
cramp Krampf

FENNY can't BELIEVE HER EYES

Fenny couldn't remember ever having slept that long except when she was ill. She put her right hand to her **forehead**. No **temperature**. She coughed. No **mucus**. She felt her stomach. No **cramps**. She'd obviously slept in for no reason at all.

"I'm getting old", she muttered, went to the bathroom

corridor Flur
loo Klo
to swear (swore, sworn) fluchen; schwören
scale Skala
she ought to sie sollte
to publish veröffentlichen
column Spalte
to flush spülen
relieved erleichtert
decency Anstand
to drum trommeln
handle Griff
escape route Fluchtweg
tight eng; fest
to blink blinzeln
intense intensiv
longing Sehnsucht

and found it locked. She shrugged and walked down the **corridor** to the boys' bathroom. As she was sitting on the **loo** with her eyes half-closed, the door opened, someone **swore**, and the door slammed shut again.

"If you absolutely have to use our bathroom, you could at least lock the door."

Fenny's mouth dropped open. It was Paul's voice. On a **scale** of one to ten of all the embarrassing ways to start the day she had just scored a twelve. Given her recent run of bad luck, **she ought to** send a very long letter to one of the girls' magazines that pay you to **publish** your story in the "Most Embarrassing Moment of My Life" **column**. She'd make a fortune!

Fenny **flushed** the toilet, peeped into the corridor and was **relieved** to find it empty. At least Paul had had the **decency** not to wait outside and **drum** his fingers on the door.

The **handle** on the door of Paul's and Steve's bedroom started to move. Fenny took the quickest **escape route** and ran downstairs. She stopped when she reached the bottom. Emma and Steve were standing by the French windows, holding each other **tight** and kissing. Fenny **blinked** twice. She wasn't dreaming. They were still there and they were really, seriously kissing!

With **intense longing**, Fenny remembered the kiss she had given Paul. She was about to turn around and go upstairs again when Steve let go of Emma, said: "I completely forgot the tea", and went into the kitchen. Emma turned to the stairs. "Oh, hi, Fenny. I think I'm going to **get dressed** now." There was a **quiver** in her voice.

Back in their bedroom, Emma sat on the bed and sighed happily. "God, Steve is so **cute**."

"Sure," Fenny said, feeling very **smart** for a change. "I kept telling you so. I'm glad you finally **saw sense**. If you ever need more advice, you're always welcome."

"I'm not sure what it is that Mr Friendly is telling you to do," Emma said, her voice finally becoming firmer. "But I think you should listen to him. He's as wise as a squirrel."

"Obviously I'm not the only one round here who has gone completely gaga. There must be magic in the air."

Emma sniffed. "Right, there's a magic smell of pancakes in the air."

During breakfast they planned the day's **excursions**. Emma's parents and Sonja were going to Masca, a tiny village with a famous **ravine**. Fenny wasn't interested in ravines.

Jack, Fenny's brothers and Sabrina were **heading for** the Teide. Derek had been there already: he said he'd tell them all about the volcano. Fenny felt like a volcano herself, so she decided not to join them.

Beverly, Emma, Steve and Paul were going to drive to the northern part of the island and spend the whole

to get dressed sich anziehen
quiver Zittern
cute süß, niedlich
smart schlau
to see sense vernünftig werden
excursion Ausflug
ravine Schlucht
to head for sth sich zu etwas auf den Weg machen

day at the Loro Park. Fenny wasn't all that happy that Paul was a member of this party, but she couldn't **resist** seeing a place with lots of animals.

to resist
widerstehen

TU DOCH WAS, Emma!

Meine innere Stimme ist weder ein unsichtbarer Freund noch ein Eichhörnchen auf meiner Schulter. Meine innere Stimme kommt eindeutig aus dem Magen und sagt immer dasselbe: „Höchste Zeit, wieder etwas zu essen!"
Wir waren noch keine zehn Kilometer weit gekommen, da schielte ich schon zu der Kühltasche, die Steve gepackt hatte. Steve bemerkte meinen Blick und reichte mir ein Sandwich mit Huhn und Pesto – seine eigene Kreation und natürlich superlecker.
Wir saßen in der ersten Rücksitzreihe des Minivans. Fenny saß vorn neben Beverly, die sich von der eigenwilligen Verkehrsführung auf Teneriffa nicht beirren ließ. Manche Schilder waren nicht zu lesen, andere zeigten in die falsche Richtung. Angeblich verfuhren sich auch Einheimische zuweilen hoffnungslos und wurden nur vom Meer daran gehindert, auf der Suche nach dem nächsten Ort bis Afrika durchzufahren. Aber Beverly war seit zwanzig Jahren Taxifahrerin in London und hatte einen guten Instinkt dafür entwickelt, wo es langging. Vielleicht war ihre innere Stimme eine satelliten-

gestützte Navigation, sozusagen ein GPS in ihrem Innenohr.
Paul saß hinter Steve, erzählte eine haarsträubende Geschichte nach der anderen und war enttäuscht, dass wir ihm kein Wort glaubten.
Erst ging es in engen Serpentinen den Berg hoch und anschließend in noch engeren Serpentinen den Berg wieder runter. Dann fuhren wir oberhalb des Meeres die Nordseite der Insel entlang bis nach Puerto de la Cruz und zuletzt eine unglaublich steile, von Schlaglöchern übersäte Straße hinunter. Beverly kurvte auf einen Parkplatz und sagte: „Here we are, kids."

animal shelter Tierheim
Hold it. Halt.

Die Fahrt war eine Stunde, vier Lügengeschichten, drei Sandwichs und siebzehn Küsse lang gewesen. Meine seligen Seufzer hatte ich nicht gezählt, aber es waren mindestens so viele wie die Straße Kurven hatte.
„Did you see that?", fragte Fenny entrüstet, nachdem wir alle ausgestiegen waren.
Ich sah Büsche, die zu riesigen Elefanten gestutzt worden waren, und ein asiatisch anmutendes Eingangstor. Nichts, was irgendwie ein Grund war, sich aufzuregen. Aber bei Fenny wusste man ja nie.
„I saw it", sagte Paul. „There was an **animal shelter** on the left right after we went down the steep hill, next to the big hotel."
„Right", bestätigte Fenny. „There were dogs in there lying on a bare concrete floor. They looked so sad. We have to drive back and – "
„**Hold it.**" Beverly hob abwehrend eine Hand. „You're not going to adopt another dog, Fenny."

„I'm sure Ken would get on fine with other dogs."
„**Knowing you**, you wouldn't stop at adopting one dog. You'd want to **free** them all. But it's not that easy. There are the British **quarantine laws**."
„Stupid quarantine laws," schmollte Fenny.
Nach einer Weile hellte sich ihre Laune wieder auf, weil es im Loro-Park so viele exotische Tiere zu bewundern gab. Steve und ich waren besonders vom *Planet Pinguin* fasziniert, einer runden Halle mit einer künstlichen Antarktislandschaft, in der es schneite. Ein Pinguin wusste genau, wo die Austrittsdüsen für die Schneeflocken waren. Er stand mit abgespreizten Flügeln unter der Schneedusche und sah aus, als wollte er jeden Moment zu singen anfangen.

knowing you wie ich dich kenne
to free befreien
quarantine Quarantäne
law Gesetz

Ein anderes Highlight war die Delfinshow. Ein riesiges Becken war eingerahmt von hellen Felsen. Darüber wölbte sich der strahlend blaue Himmel, und im Wasser tummelten sich sieben Delfine, einer davon mit einem Jungtier, das noch dabei war, Kunststücke zu lernen, indem es den Großen zusah und sie nachahmte.
Das Publikum saß auf einem steilen Halbrund mit Stufen. Wir hockten in der dritten Reihe, weil Fenny unbedingt so nah wie möglich an den Tieren dran sein wollte, dabei hatte man von weiter oben sicher einen besseren Überblick.
Drei Trainer waren bei den Tieren im Wasser und ließen sich von ihnen in die Luft schleudern oder ritten auf ihrem Rücken. Fenny saß neben mir und zupfte an ihrem silbernen Ohranhänger herum. In ihrem Gesicht

stand blanker Neid. Kurz darauf fragte einer der Trainer, ob jemand einem Delfin einen Ball zuwerfen wollte. Schnell wie ein Blitz war Fenny am Beckenrand und riss dem Aufpasser, der dort wartete, förmlich den gelben Kinderball aus der Hand. Sie warf einem Delfin den Ball zu, er stupste ihn mit der Schnauze zurück. Das ging ein paar Mal hin und her. Zum Schluss durfte Fenny dem Delfin einen Fisch geben. Das Publikum klatschte, der Aufpasser setzte Fenny als Belohnung eine gelbe Kappe mit dem Loro-Park-Emblem auf und ging auf die andere Seite, in der Annahme, dass sie wieder an ihren Platz zurückkehren würde. Aber Fenny blieb, wo sie war. Ich glaubte es in ihren Beinen zucken zu sehen. Was meine Intuition in diesem Moment sagte, hatte ausnahmsweise nichts mit Essen zu tun. Emma, dachte ich, tu etwas, sonst springt Fenny noch ins Becken. Das gibt Ärger.

there's no need (to) du brauchst nicht

to drown ertrinken

Ich hatte den Gedanken noch nicht zu Ende gedacht, da stützte Fenny sich schon auf den Beckenrand. Paul nahm die Treppe in nur zwei Schritten und hob Fenny auf seinen Arm. Eine Schrecksekunde lang dachte ich tatsächlich, er wollte sie ins Becken schmeißen, so wie er es zweimal an unserem Pool gemacht hatte. Aber diesmal war es umgekehrt: Er hinderte sie daran, reinzuspringen. Er trug Fenny, die strampelte und schimpfte, zu ihrem Sitz zurück.

„**There's no need** to save the dolphins from **drowning**", meinte Paul, während er sie auf ihren Platz setzte. „They can swim."

Fenny drehte den Kopf weg. „Ha ha, very funny."

Beverly seufzte einen typischen Mutterseufzer, wie ich ihn von Mami zu hören kriege, wenn ich vergessen habe, für einen Test zu lernen. „Sometimes I think Fenny is an alien controlled by a six-year-old idiot."
Paul sagte: „You should give her a **common sense transplant** for Christmas."
„**I'm afraid** there's no room in her head." Beverly fuhr Fenny durchs Haar. „It's full of **mischief**."

FENNY falls in love – WITH A DOG

Fenny was angry at Paul, but she was also grateful that he had stopped her just in time. Would she really have **dived** into the dolphin pool? Fenny wasn't sure. She was very impulsive, but usually she controlled herself. Most of the time. Well, sometimes. Less and less. In fact, she couldn't trust herself at all **lately**. This was scary and exciting at the same time.
She **successfully** fought some other stupid impulses during the rest of the day. No need to give Paul another chance to **patronize** her. Or was it just that he cared about her? She liked the idea, but couldn't say why.
When they left the park, filled with new impressions, she suddenly remembered the animal shelter. "Could we stop at the

common sense gesunder Menschenverstand
transplant Transplantat
I'm afraid ich fürchte
mischief Unfug
to dive tauchen
lately in letzter Zeit
successfully erfolgreich
to patronize herablassend behandeln

shelter on our way back?" she asked her mum. "Just to take a quick look. I promise I won't smuggle any dogs out."
"No way." Beverly was firm.
"Actually," Paul said, "I've been thinking about it all day. We have three cats, a rabbit and a pony. We've never had a dog. I've always wanted a dog. And there are no quarantine laws in Germany."
This time, Fenny completely failed to suppress her impulses. She hugged Paul as hard as she could.
Once more, Beverly was against it. "I can't allow you to take a dog home without Gitte's and Carsten's permission."
"I'm sure they'll agree," Emma **backed Paul up**.
Beverly made a **doubtful** face. "I could really get into trouble."
"I'll take the **blame**," Fenny promised. "No matter what."
Beverly grinned. "I suggest a compromise. We take a look at the shelter. If Paul finds a dog he likes, Gitte and Carsten can bring you kids here again for another day at Loro Park. On their way home they can decide if they want to adopt the dog."
"Agreed," Paul said.
"Deal," Fenny chimed in merrily.
They drove to the shelter and rang the bell. A lady in her fifties opened the door, and Beverly explained that they were interested in adopting a dog. The lady showed them around. The dogs were all **mongrels**. **Homeless** creatures, strays: abandoned and **rejected**.

to back sb up jdn. unterstützen
doubtful zweifelnd
blame Schuld
mongrel Mischling
homeless obdachlos
to reject zurückweisen

Paul took a long look at all the dogs. He let them sniff his trousers and gently patted their heads. In one cage, all by himself, a small brown dog was lying on a blanket and sleeping **restlessly**.

"This is Pepito," the lady said when Paul asked her about him. "He's never going to find a home, I'm afraid, because he's only got three legs. The vet wanted to **put him down**, but he couldn't. Take a look at him and you'll understand why." She opened the cage. The dog's head came up slowly. He opened his big, dark eyes and looked at them.

"Pepito, come here."

Pepito got up and **hobbled** to the open door, where Paul and Fenny were already **kneeling**. Fenny had never seen such friendly eyes. Her own eyes were swimming with tears and she couldn't suppress her **sobs**. She held on to Paul.

"Hi, **pal**," Paul said. "What a cute little guy you are."

Pepito sat on his back legs, **supported** by his one front leg, put his head on one side and **lifted** his **floppy** ears as far as they would go. Then he leaned forward and licked Paul's hand. "Seems you've found a home at last," Paul said. "You're exactly the kind of friend I've been looking for."

Fenny started to sob uncontrollably and the next moment she fell into Paul's arms.

"You really want him?" the lady asked with raised eyebrows. "Are you sure?"

restlessly unruhig
to put down einschläfern
to hobble humpeln
to kneel hinknien
sob Schluchzer
pal Kumpel
supported gestützt
to lift heben
floppy schlapp

"There's no **doubt** about it," Paul said, helping Fenny to her feet. "This is my dog. Right, pal?"

Pepito **wagged** his short tail.

Paul turned to Fenny's mum. "Beverly, I can't leave him behind. We have to take him with us right now. I know dad and mum will love him, too."

Fenny didn't often see her mum cry. This was one of those **rare occasions**. "Sure," she said, **blowing her nose**. "I'll make the **arrangements**. You're right – what a lovely dog."

Fifteen minutes later, Fenny and Paul sat in the back seat of the minivan, Pepito between them. Fenny was all smiles. Life made sense in a way it never seemed to have made sense before, not as far as she could remember.

"It's a good thing I never travel without my emergency equipment." She felt in her small rucksack and **produced** a little tin of dog food.

"Don't feed the dog in the car," Beverly said; but Fenny had already **removed** the cover and was feeding Pepito.

"What an incredibly beautiful dog he is," she **declared**.

Beverly looked in the **rear-view mirror**. "Well, beautiful isn't exactly the word I'd use to describe him."

When Pepito had finished eating, Fenny put the tub in an empty sandwich wrapper. "**Beauty is in the eye of the beholder**."

doubt Zweifel
to wag wedeln
rare rar
occasion Anlass
to blow one's nose sich die Nase putzen
arrangement Vorkehrung
to produce *hier:* herausholen
to remove entfernen
to declare behaupten
rear-view mirror Rückspiegel
Beauty is in the eye of beholder. Schön ist, was gefällt.

At that moment, her hand and Paul's hand met on Pepito's back. She didn't draw back. He didn't draw back, either. He closed his hand around hers and smiled.

Fenny felt like she was looking at him for the first time. **How come** she hadn't noticed before what a good-looking guy he was?

With her free hand, she took Paul **tenderly** by one ear and pulled him towards her. They kissed with their hands still **jointly stroking** Pepito.

"I'm so in love," Fenny whispered, then added with a grin, " ... with Pepito."

how come wie kommt es; wie kam es
tenderly zärtlich
jointly gemeinsam
to stroke streicheln

Es GESCHEHEN noch WUNDER, Emma

Auf der Heimfahrt drehte ich mich immer wieder um und tat so, als könne ich nicht genug davon kriegen, Pepito anzuschauen, aber in Wirklichkeit war ich viel interessierter an dem, was sich zwischen Fenny und Paul abspielte. Sie hielten Händchen und warfen sich über Pepito hinweg schmachtende Blicke zu. Einmal ertappte ich sie sogar dabei, wie sie sich küssten. Das gab's doch gar nicht! Fenny fand Paul zu fett, und Paul fand Fenny unmöglich. Jedenfalls war das noch so gewesen, als wir im Loro-Park waren.

Steve erkannte sofort die praktische Seite dieser neuen Entwicklung. „What do you think: shall we – that

is you, Paul and me – all fly to Kenya together this summer?“ Er tippte Beverly auf die Schulter. „Aunt Bev, what do you say? Can we all come and stay with you?“
„Sure, **the more the merrier**.“
„Fantastic idea“, sagte Paul. „I'll bring Fenny lots of photos of Pepito.“
Als wir kurz vor Chayofa an einem Supermarkt hielten, meldete sich mein Magen mit peinlich lautem Knurren. Paul blieb bei Pepito im Auto, während wir den Laden stürmten.
„Tonight I'll teach Sabrina to make chicken salad with papaya“, sagte Steve, was sowohl meinen Hunger als auch eine gewisse Resteifersucht anstachelte.
Ich suchte die reifsten Papayas aus. Fenny füllte den Einkaufswagen bis zur halben Höhe mit Hundefutter, woraufhin Beverly ihr vorrechnete, wie viel Futter Pepito bis zu unserer Abreise überhaupt brauchen würde und einen großen Teil wieder ins Regal zurückstapelte.
Daheim verstauten Beverly und Steve die Einkäufe in der Küche. Fenny, Paul und ich gingen zum Pool, wo meine Eltern auf Liegestühlen die Abendsonne genossen. Pepito wich Paul keinen Millimeter von der Seite. Fenny auch nicht, wobei ich nicht genau sagen konnte, ob sie an Paul oder an Pepito klebte.
„How was Masca?“, fragte Paul.
„Absolutely **stunning**“, schwärmte Mami. Dann setzte sie ihre Sonnenbrille ab und fixierte Pepito. „Who's that?“
„That's our new dog, Pepito“, meinte Paul zufrieden.

the more the merrier je mehr, desto besser
stunning fantastisch, wunderschön

Mami wusste sofort, was passiert war. „So, not only do we get a new cat every time Fenny comes to visit; now she's adopting dogs into our family when we go on holiday together."
„They wanted to put him down", sagte Fenny mit vorgeschobener Unterlippe.
Papi ging vor Pepito in die Knie, sah sich seine Zähne an, klopfte seine Rippen ab und sagte: „A young, healthy dog shouldn't be put down, even if he's only got three legs. He'll be a great **addition** to the family."

addition
Ergänzung

Damit war die Adoption komplett. Fenny wischte sich verstohlen eine Träne aus dem Augenwinkel.
Ich hockte mich an den Rand von Mamis Liegestuhl. „Ich verspreche, wenn ich im Sommer in Kenia bin, lasse ich mir von Fenny weder einen Elefanten noch eine Giraffe aufhalsen. Ehrenwort."
„Du bist diesen Sommer in Kenia? Davon höre ich gerade zum ersten Mal."
„Ach ja, stimmt, davon weißt du ja noch gar nichts. Paul und ich wollen dort die Nevils besuchen. Beverly ist einverstanden", fügte ich hastig hinzu.
„Da habe ich aber auch noch ein oder zwei Wörtchen mitzureden", sagte Mami mit gespielter Strenge.
„Was für Wörtchen?"
Sie grinste. „Viel Spaß."
Ich fiel ihr um den Hals. „Du bist die beste Mami der Welt."
„Aus dem Alter, wo man seine Mutter umarmt, müsstest du eigentlich längst raus sein", hörte ich Sabrinas schnippische Stimme. Sie, Jack und Fennys Brüder

waren gerade vom Ausflug zum Teide zurückgekommen und fanden sich nach und nach im Garten ein. Ich verrenkte mir noch das Gehirn nach einer schlagfertigen Antwort, da entdeckte Sabrina Pepito. „Oh, what's that? A three-legged dachshund? Must be a special breed." Sie kicherte abfällig. „Just like those **weird** plants that only grow here and nowhere else in the world."

Paul machte einen langsamen Schritt nach vorn, nahm Sabrina bei den Schultern und schubste sie sachte, aber unaufhaltsam rückwärts in den Pool. „Nobody **insults** my little friend."

weird sonderbar
to insult beleidigen

Fenny applaudierte und gab Paul einen Kuss. „Finally you've found someone else to throw in the pool."

Anthony eilte herbei und reichte Sabrina die Hand, doch bei dem Versuch, sie rausziehen, landete er selbst im Wasser. Da Sabrina jetzt vermutlich erst mal mehrere Stunden brauchen würde, um sich wieder herzurichten, ging ich in die Küche, um an ihrer Stelle Steve mit dem Hühnchensalat zu helfen.

Ich brauchte ziemlich lange, um das Fruchtfleisch von drei Papayas aus der Schale zu löffeln, aber nicht etwa, weil ich mich so dumm anstellte, sondern weil Steve mich zwischendurch mit allem Möglichen fütterte und das jedes Mal zum Anlass nahm, mich zu küssen.

Als ich fertig war, drückte ich ihm und mir je eine Papayaschale aufs Gesicht. „That's good for the skin."

„Oh, how tragic", sagte Sabrina, die mit frisch geschminktem Gesicht in der Küchentür erschien. „It's not just Emma. Obviously you've both got an eating disorder."

FREITAG

Fenny HAS A BLAST

Fenny **propped** herself **up** on her elbows and **nudged** her sleeping friend. "I'm so proud."
Emma slowly opened one eye. "Proud of what?"
"Of myself, for helping you find true love." Fenny got up and **stretched** happily. "Another gorgeous day. **Cloudless** sky and warm weather. I think I'll go and wake up Paul."
"Better not." Emma yawned and opened her other eye. "If you whistle in his ear he'll probably throw you out of the window."
"I'll wake him with a kiss. Whistling is my special service for brothers only."
"With a kiss. Aha. So you don't think Paul is fat and **ugly** any more?"
"Fat? Emma, I **strictly forbid** you to call him fat. He's not even chubby. Paul is the most **handsome** boy I've ever met."
Emma grinned.
When Fenny had showered and dressed, Paul came out of the boys' bathroom, Pepito at his heels. "My little friend slept in my bed," Paul said. "It was great."
"Tomorrow you must sleep longer so I can wake you both with a kiss," Fenny said. "I'm going to take Pepito for an early morning walk."

to have a blast eine schöne Zeit haben
to prop up stützen
to nudge stupsen
to stretch sich (er)strecken
cloudless wolkenlos
ugly hässlich
strictly streng
to forbid verbieten
handsome schön, gut aussehend

"I'll come with you. We don't want you to get lost again."
Fenny blushed. "I didn't get lost **the other day**. I just got, uh, a little **sidetracked** by the lovely view."
Paul gave Fenny a long kiss. And although they were alone in the hall, Fenny felt like she was being watched.

the other day vor ein paar Tagen
sidetracked abgelenkt
stack Stapel
to lay the table den Tisch decken
effort Versuch; Bemühung
rental car Mietwagen

When they returned from their walk, Fenny joined Emma and Steve in the kitchen.
"Emma, I've got a problem. Whenever Paul kisses me, I feel like Mr Friendly is watching us. It's embarrassing."
"Why? Mr Friendly is only the voice of your subconscious mind," said Emma. "Steve explained it all to me."
Fenny looked at Steve. "Really?"
"Sure." Steve handed her a **stack** of plates. "Could you **lay the table**, please?"
"The voice of my subconscious mind," Fenny mumbled to herself. "Weird. I don't quite believe it. If that's true, how could I pass him on to Ron? Or is that why Mr Friendly keeps coming back to me?"
After she had laid the table, Fenny found Sabrina and Anthony kissing and cuddling on the sofa in the living room. Fenny coughed loudly, but obviously they didn't mind being watched.
Funny, isn't it, Fenny thought, that all my **efforts** didn't lead to anything, then Paul pushes Sabrina into the pool, Anthony helps her out, and ... bingo! Next time she played matchmaker she'd try that method.
During breakfast they all decided to spend the day together. In their three **rental cars** they drove to the

Playa de las Teresitas, taking the **motorway** along the south-east coast.

Fenny and Paul were in the minivan with Sabrina, Anthony, Derek and Fenny's parents.

"What a **bleak** landscape," Fenny remarked. "It's almost as though we've landed on the moon."

"We have," Sabrina said. "According to Paul, nine million years ago a meteorite hit the moon, a huge piece of rock from the moon crashed into the Atlantic Ocean, and this is how the Canaries **came into existence**. I didn't believe a word of it, of course."

"Oh," said Paul, "for a moment you did. Just like Fenny believed my story about the poisonous sandworms."

Both Fenny and Sabrina stuck their tongues out at him.

After a half hour drive they passed the marina of Santa Cruz and finally arrived at the beach.

As they got out of the cars, Fenny was **overwhelmed**. To her left, the small fishing village of San Andrés lay in the **leafy** hills of the Anaga mountains. To her right, a wide, golden beach stretched for about half a mile **on either side**. There were plenty of palm trees to provide shade. All along the promenade there were showers and white-and-blue striped **changing cubicles**.

Pepito was already **gleefully hopping** across the sand next to Paul. As she walked closer to the sea, Fenny

motorway Autobahn
bleak trostlos
to come into existence entstehen
overwhelmed überwältigt
leafy belaubt
on either side auf beiden Seiten
changing cubicle Umkleidekabine
gleefully ausgelassen
to hop hüpfen

saw that a large **breakwater** blocked the waves and **currents**. This was a perfectly safe place to swim.
They laid out their towels near the palm trees. Steve began to rub sun cream into Emma's back.
"Where does the sand come from?" Derek asked. "I know everything about these islands. The sand here is volcanic – it's supposed to be black, not yellow."
Paul sat **cross-legged** on his towel and stroked Pepito's neck. "This isn't a natural beach. It's **man-made**. All the sand was brought here more than thirty years ago."
"You can't take that much sand anywhere," Sabrina protested.
"Of course it was a huge effort," Paul explained. "Four million sacks of sand were brought here by ship."
"Oh, is that so?" Fenny winked at Sabrina. "And where did the sand come from? The Sahara, perhaps?"
Paul nodded. "How did you know?"
Fenny took a handful of sand and let it **trickle** through her fingers. "It feels like sand from the Sahara."

breakwater Wellenbrecher
current Strömung
cross-legged im Schneidersitz
man-made von Menschen geschaffen; künstlich
to trickle rieseln; tröpfeln
grain of sand Sandkorn
to giggle kichern
travel guide Reiseführer

Sabrina bent down and sniffed like a dog. "And it smells like sand from the Sahara."
"Hey, look at that." Fenny held her hand close to her face. "It's written all over every single **grain of sand**. *Made in the Sahara*."
Paul waited until Fenny and Sabrina had stopped **giggling**, then he said, "Sabrina, why don't you check in your **travel guide**."

Sabrina rolled her eyes, then she took the book from her handbag and **leafed through** it until she found the right page. "I don't believe it," she said, reading. "Paul's right."
Fenny snatched the guide from her. It was in German, but she recognized the word Sahara.
"Now you've gone too far," she said, in **mock anger**, and **aimed** the guide at Paul's head. "You're not supposed to tell true stories and make us believe that you made them up."
With amazing speed Paul **dodged** the guide, jumped to his feet and headed for the water. Fenny and Pepito followed as fast as they could. While Fenny tried to **duck** Paul, Pepito paddled around them like a happy penguin.

to leaf through durchblättern
mock falsch
anger Wut
to aim zielen
to dodge ausweichen
to duck sb jdn. untertauchen
refreshed erfrischt

Ten minutes later, exhausted and **refreshed**, they returned to their towels.
Emma looked up at Fenny. "I'm so proud."
Fenny shook her wet hair. "Proud of what?"
"Of myself, for helping you find true love."
Fenny laughed and threw the towel at Emma. "I've no idea what you're talking about."